조선시대를 뜨겁게 살았던 센 언니들의 열띤 수다!

사임당이 난설헌에게

사임당이 난설헌에게

펴낸날 2017년 2월 10일 1판 1쇄

지은이 박경남
펴낸이 강유균
교정·교열 이교숙 김아름
디자인 박유진
표지그림 강혜정

펴낸곳 리드리드출판(주)
출판등록 1978년 5월 15일(제 13-19호)
주소 경기도 고양시 일산서구 고양대로632번길 60, 405호
전화 (02) 719-1424
팩스 (02) 719-1404
이메일 gangibook@naver.com
홈페이지 http://readlead.kr/

ISBN 978-89-7277-313-9 03800

이 도서의 국립중앙도서관 출판예정도서목록(CIP)은 서지정보유통지원시스템 홈페이지(http://seoji.nl.go.kr)와 국가자료공동목록시스템(http://www.nl.go.kr/kolisnet)에서 이용하실 수 있습니다.
(CIP제어번호: CIP2017000699)

조선시대를 뜨겁게 살았던 센 언니들의 열띤 수다!

사임당이 난설헌에게

글 박경남

리드리드출판

차 례

3장 아주 특별한 그들의 가족

4장 그들이 보는 세상

5장 서로가 서로에게

프·롤·로·그

누가 현모양처를 원하는가?

신사임당은 정말 현모양처賢母良妻였을까?

요즘 표현으로 하자면 신사임당은 센 언니에 어울리는 캐릭터이다. 결코 남성에게 고분고분한 캐릭터의 여성이 아니었다는 말이다. 그런데도 신사임당은 현모양처의 대명사가 되어 있다. 그래서 세상의 모든 여성이 마치 신사임당이 되어야 하는 것처럼 악용하던 때도 있었다.

원래 현모양처는 일본의 교육자인 마카나 마사나오가 1875년에 창안한 단어라고 한다. 여성을 임신과 출산이라는 틀 안에 가둬두려는 의도로 보인다. 조선시대에는 현모양처를 열녀효부 정도로 표현했는데, 아무래도 일제강점기 이후 현모양처로 대체된 것으로 보인다. 여성들을 순종이라는 틀에 옭아매어 놓아야 지배구도를 원활하게 가져갈 수 있다는 일제의 의도로 보인다.

이 책에서는 신사임당을 현모양처로 여기지 않는다. 현모양처가 아니라 센 언니 캐릭터를 가진 신사임당과 조금 덜 세고 좀 더 발랄한 언니 캐릭터를 가진 허난설헌의 가상 대화로 구성되어 있다. 더없이 자애로울 것 같은 어머니의 표상이 된 신사임당, 다시는 조선에서 여자로 태어나고 싶지 않다고 강력하게 열망하는 허난설헌! 조선이라는 사회에서 앞서거니 뒤서거니 하며 살았던 두 여성을 통해 현모양처의 허울을 깨고 현대와 소통할 수 있는 그들만의 대화를 이어간다. 그들이 보는 자신들의 모습과 가족, 그리고 그들이 보는 조선이라는 사회, 그 중심을 이루는 남성에 대한 시각 등을 여성의 입장에서 고찰했다.

그리고 이 책에는 조선에 살았던 많은 여성이 등장한다. 조선

초에서부터 구한말과 일제강점기까지를 살았던 여성들로, 왕후에서부터 기생, 학자, 명창, 화가, 독립군, 소설가 등 다양한 직업의 여성들이 그 주인공들이다. 신사임당과 허난설헌의 가상 대화를 통해 그들의 삶이 새롭게 해석된다. 과거에 살았던 여성들이지만 그들의 고민과 삶이 현대를 살아가는 여성들의 고민과 크게 다르지 않다는 것을 발견할 수 있을 것이다.

장래희망을 현모양처라고 하는 여성들이 있었다. 현모양처는 여성이 원하고 추구하는 모습이 아니라, 남성들이 자신들의 편의를 위해 구상한 여성상이다. 아마도 현모양처의 대명사로 불리게 된 신사임당조차도 자신이 현모양처로 불리기를 원치 않을 것이다. 신사임당은 아내이고 어머니이기 이전에 자신의 뜻을 당당히 밝힐 줄 아는 여성이자 화가였다. 남편에게 고분고분한 아내가 아니라, 자신의 뜻을 정확하게 전달하고 그 뜻을 지켜주기를 바라기도 했다.

어진 어머니, 좋은 아내. 말 그대로라면 나쁠 것도 없다. 하지만 어진 어머니가 되고 좋은 아내가 되기 위해 희생해야 할 것이 많다면 좋을 것도 없다. 현모양처에는 여성의 무조건적인 헌신을 요구하고 있기에 좋은 의미로만 받아들일 수 없다. '현부양부賢父良夫!' 어진 아버지이자 좋은 남편의 자격을 갖추고 현모양처를 찾는다면, 아마도 많은 여성이 그러기를 자처할 것이다.

남녀 사이에 일방통행이어서는 안 된다. 서로 대립되는 존재가 아니다. 부부는 동반자이며 동지적 관계라는 것을 서로 인정해야 서로에게 가는 길이 막히지 않는다. 부부 사이, 연인 사이의 길이 막힌다면 어느 한쪽이 다른 한쪽에게 희생하기를 원하고 있는 것은 아닌지 되돌아보기를 바란다.

박경남

1장

조선의 여성으로 산다는 것

아주 특별한 그녀들

조선을 대표하는 현모양처賢母良妻 신사임당申師任堂, 그리고 조선을 대표하는 여류시인 허난설헌許蘭雪軒! 그들은 동시대를 살았지만 같은 해에 한 번도 만난 적이 없다.

사임당이 태어난 해는 1504년연산군 10이고, 세상을 떠난 해는 1551년명종 6이다. 허난설헌이 태어난 해는 사임당이 떠난 지 12년 후인 1563년명종 18이고, 세상을 떠난 해는 1589년선조 22이다. 사임당은 조선이라는 사회에서 40대까지 보냈고, 난설헌은 20대까지 보냈다.

같은 조선에서 살았던 40대의 사임당과 그에 비해 딸 같은 20대의 난설헌이 시공을 뛰어넘어 서로의 생각을 전한다. 현모양처의 전형이랄 수 있는 신사임당, 그리고 자신의 의지와 상관없이 현모양처가 될 수 없었던 허난설헌! 혹자들은 그들이 전혀 다른 이미지와 성향을 가지고 있다고 여기겠지만, 알고 보면 그들은 꽤 유사한 면도 있다.

우선 둘 다 태어난 곳이 강원도 강릉이고, 거기다 그들의 존재만큼이나 가족의 존재감도 크다는 점에서 동질감을 엿볼 수 있다. 그리고 그녀들은 그저 규방의 여인네로 머물러 있기보다 자신의 예술세계를 구축해냈다. 무엇보다 조선이라는 사회에서 여성으로 살았고, 특히 여성으로서 당호는 물론 이름을 가졌다.

사임당은 신인선!

난설헌은 허초희!

허난설헌: 조선을 대표하는 여성이며, 현모양처로 이름을 날린 신사임당을 소개하지요. 신사임당1504~1551의 직업은 예술가입니다. 시도 잘 쓰고, 글씨에 능하고, 그림도 잘 그렸는데, 화가로 더 유명하지요. 사임당은 당호이며, 그 밖에 시임당媤任堂·임사재妊思齋라고도 하였지요. 외가인 강릉 북평촌에서 태어나고 자랐어요.

가족관계를 살펴보면 아버지는 신명화申命和, 어머니는 용인 이씨, 외할아버지는 이사온李思溫입니다. 남편은 덕수이씨德水李氏 이원수李元秀이고, 조선시대의 대표적 학자이며 경세가인 율곡 이이李珥가 아들이지요.

19세에 결혼한 사임당은 그녀의 어머니처럼 아들 없는 친정의 아들잡이로 남편의 동의를 얻어 처음엔 시집살이를 하지 않고 친정에서 주로 생활했답니다. 시댁과 친정을 자주 오가다가 38세에 시집살림을 주관하기 위해 아주 서울로 떠나왔지요.

사임당은 현모양처로 알려져 있지만 그보다 효심이 깊은 딸이라는 말이 더 잘 어울려요. 그녀가 서울 시가로 떠나면서 지은 '유대관령망친정踰大關嶺望親庭'과 서울에서 어머니를 생각하면서 지은 '사친思親' 등의 시에서 어머니에 대한 그리움과 효심이 얼마나 컸는지 느낄 수 있어요.

사임당을 대표할 수 있는 말은 무엇보다 화가라는 것입니다. 물론 글씨로도 유명하지만 산수山水·포도·풀·벌레 등을 잘 그렸고요, 여성 특유의 섬세함과 정묘함으로 한국 제일의 여성 화가라는 평가를 받는답니다. '자리도紫鯉圖·산수도山水圖·초충도草蟲圖·노안도蘆雁圖·연로도蓮鷺圖·요안조압도蓼岸鳥鴨圖' 등의 대표작이 있습니다.

신사임당: 멋진 소개 잘 들었어요. 그럼 저도 허난설헌 그대를 소개해 보도록 하지요. 조선 최고의 여성 시인 허난설헌1563~1589의 이름은 초희楚姬이고요, 별호는 경번景樊, 호가 난설헌蘭雪軒이지요. 태어난 곳은 나와 동향인 강원도 강릉, 집안은 조선 사회에서도 특별하다 할만 했지요. 그러면 그대의 집안을 알아볼까요?

아버지 허엽은 사림이 동서 붕당으로 나뉘면서 동인의 영수가 되었어요. 허엽은 열린 세계관을 가진 인물로 딸 허난설헌에게 남

누구의 딸, 누구의 아내, 누구의 어머니이기 전에
신인선이라는 여인이고 싶었던 것이지요.
난설헌 그대도 '여자로 태어난 것,
조선에서 태어난 것, 그리고 김성립의 아내가 된 것'을
세 가지 한恨이라고 했다지요?

자와 똑같은 교육기회를 주었으며, 아들들에게는 자유로운 사상을 가질 기회를 마련해주었지요. 당대 뛰어난 문인으로 평가받은 허성, 허봉이 그대의 오빠이며, 『홍길동전』으로 유명한 허균이 그대의 남동생이지요. 그대는 어릴 때부터 시에 두각을 나타냈는데, 시 선생은 삼당파 시인으로 이름을 떨친 손곡 이달입니다.

15세에 김성립과 결혼하지만 불행한 삶이 시작되지요. 자식을 잃고 오빠가 귀양 가는 등 그대의 처지가 결혼 전보다 나빠졌지요. 그럴수록 그대의 시 세계는 더욱 깊어졌지요. 그대가 죽은 후 동생 허균이 작품 일부를 명나라 시인 주지번에게 주어 중국에서 시집 『난설헌집』이 간행되어 격찬을 받았고, 1711년 분다이야 지로文台屋次郎에 의해 일본에서도 간행되어 한·중·일 삼국에서 그녀의 시가 사랑을 받았지요. 27세로 요절하였으며 유고집에 『난설헌집』이 있어요.

현모양처의 대명사, 사임당

허난설헌: 조선을 대표하는 현모양처, 이 수식어는 신사임당이라는 이름 앞에 항상 따라 다니지요. 조선 최고의 유학자 율곡 이이를 낳은 어머니로, 당신의 이름은 500년이 넘어서도 사람들의 입에 회자되고 있어요. 근래에 들어 2009년에는 한국은행이 5만원권 지폐를 발권하면서 사임당을 화폐 모델로 선정한 일로 갑론을박이 벌어지기도 했고요.

한국은행의 화폐모델 선정 이유는 우리 역사를 대표하는 현모양처란 점을 내세웠는데, 진보 여성계에서는 현모양처의 상징성이 현대적 여성의 역할모델에 적합하지 않다는 이유를 들어 반대의사를 밝히기도 했답니다. 조선시대 가부장 문화의 굴종적인 여성의 전형인 현모양처를 현대 여성들의 표본으로 받아들이고 싶지 않았던 게 이유였지요. 그렇다면 당사자인 사임당의 입장은 어떤지 들어볼게요.

신사임당: 난설헌, 나는 말이지 내게 현모양처라고 규정짓는 것에 할 말이 참 많은 사람입니다. 그 중에서도 특히 당호 때문에 현모양처라는 틀에 갇히게 되지 않았을까 하는 생각을 지울 수 없어요.

사임당이라는 당호는 '태임太妊'에서 비롯되었다. 태임이 누군가? 중국 주나라의 기초를 닦은 명군으로, 유가儒家로부터 이상적 군주 칭송을 받는 문왕文王을 낳은 여인이 태임이다. 그녀는 바르고 곧은 성품으로 덕을 행해 유가에서 귀감으로 삼는 여인이었다. 문왕을 임신해 눈으로는 나쁜 것을 보지 않았고, 귀로는 음란한 소리를 듣지 않았으며 입으로는 거만한 소리를 내지 않았다고 하여, 오랜 세월 동안 여성들의 태교胎教에 귀감이 되는 인물이기도 하다.

그런 점에서 태임이야말로 현모양처의 표준이자 롤 모델이랄 수 있었다. 사임당 역시 그런 태임을 본받고 싶은 마음에서 사임당이라는 당호를 지었다. 태임처럼 오랜 세월이 지나더라도 존경받는 여인이 되고 싶은 마음도 없지 않았을 것이다.

신사임당: 내가 태임을 본받고 싶었던 것은 무엇보다 '나'라는

존재감을 갖고 싶었기 때문이에요. 후세에도 기억할 만한 존재감 말이죠. 누구의 딸, 누구의 아내, 누구의 어머니이기 전에 신인선이라는 여인이고 싶었던 것이지요. 난설헌 그대도 '여자로 태어난 것, 조선에서 태어난 것, 그리고 김성립의 아내가 된 것'을 세 가지 한恨이라고 했다지요? 그럼 대체 현모양처란 게 뭐란 말인가? 여자는 어진 어머니에 착한 아내가 되어야 한다는 의미일 것이죠. 여자면 누구나 현철한 아내이고자 하고, 어진 어머니가 되길 바라지요. 하지만 그게 다는 아니지 않느냐 말이지요.

허난설헌: 어머니라면 자식에게 좋은 모습으로 남기를 바라지요. 다만 유학을 근본으로 삼는 조선에서 어진 어머니를 여인들의 규범으로 정해 행하기를 강조했다는 것이 문제였지만요.

신사임당: 나를 현모賢母라고 하는데, 나는 남들보다 뛰어난 어머니가 되기 위해 노력한 것은 아니었어요. 누구든 처지와 환경에 따라 그만큼 자식에 정성을 쏟는 법이지요. 나는 다만 셋째 아들 이이李珥가 입신양명을 했다는 점에서 최소한 현모라는 자격은 갖추었을 뿐이에요. 태임에게 주 문왕이 있듯이 말이에요. 물론 삼천지교三遷之教로 유명해진 맹자 어머니도 빼놓을 수 없지요. 나는 율곡 이이로 인해 내 의지와는 상관없이 현모에 양처까지 얻은 셈이죠.

신사임당은 자신이 훗날 현모양처의 대명사가 될 것이라고 생각지 못했다. 그런 그녀를 현모양처로 등극시켜 준 이가 있었으니, 바로 우암尤庵 송시열宋時烈:1607~1689이다. 사임당보다 100년 후의 인물로, 그는 조선을 유교의 나라로 만들려는 꿈을 가진 이였다. 그는 율곡의 사상을 계승한 정치가이자 서인의 당수였다. 그렇다면 그가 왜 새삼스럽게 사임당을 현모양처로 만들었을까? 이는 붕당이 시작된 시점으로 거슬러 올라가야 한다.

사임당이 생존해 있을 때만 해도 붕당은 존재하지 않았다. 그렇지만 붕당을 이룬 사림이 등장했다. 붕당의 시작은 선조가 즉위하고 얼마 지나지 않아서였다. 심의겸과 김효원의 이조전랑吏曹銓郎 직 추천 문제로 부딪치면서 시작되었다. 이조전랑이라는 직위는 이조의 정랑정5품과 좌랑정6품을 함께 이르는데, 이조전랑의 지위가 주요해진 것은 관원을 천거하는 권한을 가졌기 때문이었다. 그래서 전랑에는 3사三司:사헌부·사간원·홍문관 중에서 특별히 명망 높은 사람이 선발되었고, 그 후임은 다시 전랑이 추천하도록 되어 있었으며, 전랑을 거치면 보다 높은 지위, 즉 재상까지 될 수 있었다.

신사임당: 동서남북에 노론과 소론! 말이야 그럴 듯하지만 이런 것들이 다 밥그릇 싸움 아니겠어요? 정치란 늘 밥그릇 싸움에서 벗어날 수 없지요. 사색당파의 목숨을 건 권력투쟁이란 게 자신의 생존과 권력을 중요시하는 권력의 속성에 불과한 거지요. 내가 말

이 심했나요? 이러면 현모양처 이미지에 맞지 않다고 하겠지요?

허난설헌: 아니에요. 그들이 만든 세상, 누구보다 여인들이 살아가기는 숨 막히는 세상이었지요. 현모양처라는 거푸집을 만들어 놓았으니까요.

붕당의 시작은 표면적으로는 이조전랑의 문제에서 시작되었다. 김효원과 뜻을 같이한 동인, 심의겸과 뜻을 같이한 서인으로 나뉘게 되었고, 이후 동인은 다시 남인과 북인으로 갈라지고, 서인은 노론과 소론으로 갈려 이 분파를 사색四色이라고 한다. 물론 붕당이 된 바탕에는 사상적으로나 정치적 견해를 달리한 것으로, 닫힌 사회에서 다양한 의견을 낼 수 있고, 서로 견제하면서 정책을 결정한다는 면에서라면 나쁠 게 없었다. 그러나 정치란 게 자기 세력에 맞는 명분을 좇게 되면서 진흙탕이 되게 마련이다.

율곡 이이는 처음엔 붕당의 가능성에 대해 고려하지 않았다. 하지만 율곡과 개인적으로 사이가 좋지 않았던 이준경李浚慶:1499~1572이 붕당의 가능성을 예견했다. 그는 죽음을 앞두고 유서 형식의 상소를 선조에게 올렸다. 그의 사후 머지않아 붕당이 생길 것이며 이는 조선에서 뿌리 뽑기 어려운 커다란 화근이 될 것이라는 예언 같은 말을 남겼다. 충격적인 예언이라 후폭풍도 컸다. 또한 사람들은 그의 말 속에 붕당을 만들 인물로 이이를 지목했다고 여겼기 때문에 더 강력했다. 아마도 이이도 그렇게 느꼈던

모양이다.

"조정이 맑고 밝은데 어찌 붕당이 있겠습니까? 사람이 장차 죽을 때는 그 말이 착하다고 했는데 이준경은 그 말이 사납습니다."

율곡은 억울했던지 그에 반발하는 상소를 올렸다. 상소는 그에게서 끝나지 않았다. 그 당시 율곡의 명망이나 주변 신뢰도를 고려한다면 얼마든지 가능한 일이었다. 그를 지지하는 삼사에서 일제히 상소를 올려 이준경의 관작 삭탈을 요구하고 나섰다. 그런데 마치 붕당을 예상했던 이준경의 예언처럼 균형을 맞추려는 듯 서애西涯 류성룡柳成龍:1542~1607은 '대신이 죽음에 임해서 임금에게 올린 말이 부당한 것이 있으면 물리치는 것은 옳지만, 죄를 주기까지 한다면 너무 심하다'고 반대하는 상소를 올렸다. 그래서 이준경의 삭탈관작은 율곡을 지지하는 이들의 뜻대로 되지 않았다.

신사임당: 결국 내 아들보다 세상을 오래 살았던 만큼 통찰의 깊이가 남달랐던 이준경의 말이 틀리지 않았어요. 말 그대로 동인과 서인으로 나뉘게 된 것이지요. 그래도 나는 내 아들이 붕당을 조성하거나 거기에 묶여 있다고 여기지는 않아요. 다만 때로는 양쪽으로 나뉜 정국에서 무언가를 선택해야 한다면 차라리 자신에게 맞는 쪽의 입장을 선택하는 것이 옳다는 것을 일찍 깨달았다면 좋았을 거라고 생각해요.

율곡은 이준경의 예언이 맞았음을 인정하고 동서로 나뉜 두 당의 당쟁을 완화시키자는 조정론을 펼쳤다. 동인과 서인을 화합시키기 위해서는 갈등의 핵심 인물인 김효원과 심의겸을 모두 지방으로 보내는 것이 좋겠다고 여겨 두 사람을 모두 외직으로 보내자고 제안했고, 선조는 두 사람을 각각 황해도 개성 유수와 함경도 부령 부사로 임명했다.

그러나 율곡은 붕당의 본질을 잘 이해하지 못했다. 그것이 조정이 될 거였으면 애초에 이준경이 그런 예언을 왜 했겠는가. 율곡의 바람과는 달리 전과 다르지 않게 한쪽의 부임지가 멀고 험하다는 것으로 싸우게 되었다. 양쪽의 논의를 조정하려 했던 바람은 그 취지를 무색하게 했다. 붕당의 그늘에서는 세종 때 재상인 황희 정승의 '너도 옳고 그도 옳고'라는 식의 정치는 존재할 수 없었다. 율곡은 자신의 처지가 본인 의지대로만 움직일 수 없음을 절실히 느껴야 했다. 결국 서인은 이이와 성혼成渾이 중심이 되었으며, 동인은 주로 이황李滉·조식曺植·서경덕徐敬德의 제자로 구성되어 동서 양분의 시대를 맞게 되었다.

신사임당: 참 우스운 일이에요. 난설헌 그대와 나는 우리의 의지와 전혀 상관없이 적이 되었어요. 내 아들이 서인의 영수였고, 그대의 집안은 화담 서경덕의 제자들이기 때문이지요. 실제로 그대의 오빠와 남동생도 동인이었고요.

허난설헌: 저는 붕당이 된 후 동인의 영수가 된 허엽의 딸이니 그렇게 보일 수도 있겠네요. 하지만 불행하게도 그 붕당의 소용돌이 속에 있던 아버지는 물론 오라버니, 그리고 동생까지 화를 입었답니다. 붕당으로 한 집안이 쇠락의 길을 걷게 되었지요.

그런데 사임당께서 현모양처라고 불리는 것과 이 붕당정치가 무슨 연관이 있는지요. 스스로 현모양처라고 나선 적도 없지 않았나요?

신사임당: 바로 우상화 작업 때문이에요. 역사에서 위대한 존재감을 드러냈던 권력자도 죽음 앞에서 초연해지는 법이니까요. 공수래공수거空手來空手去라는 말처럼, 누구나 빈손으로 왔으니 빈손으로 떠나는 게 당연하지요. 그런데 후세들 중 자신들의 입지를 강화시키기 위해 그런 권력자들을 신성화하거나 우상화로 몰아가기도 하지요.

사임당 사후 100년 후의 인물인 송시열에 의해 그녀는 시대를 대표하는 현모양처가 되었다. 그 시작이 붕당이었다. 동인이 남인과 북인으로 세포분열을 하듯이 나뉘고, 광해군 시대를 지나 북인의 세력은 소멸되었고 남인의 세력은 미약해졌다. 인조반정 이후로 서인의 세력이 커지게 되었는데 그 정점을 찍은 인물이 바로 송시열이었다. 그는 세력이 커진 서인의 영수였다. 숙종이 임금이 된 후 남인세력으로 서인을 견제하려 하자, 불안할 수밖에 없었다. 자신들의 세력을 공고하게 할 수 있는 뭔가가 필요했다.

송시열은 그런 통찰력 정도는 가진 인물이었다. 숙종으로 인해 불안해진 서인 세력의 결속력을 높이고 그들의 이미지를 대중에게 어필할 수 있는 인물이 필요했다. 스스로 영수라 일컬은 적이 없었지만, 율곡은 서인들에게 시조와 같은 존재였다. 송시열은 서인의 시조라 할 수 있는 이른바 '율곡사업'을 시작한 것이다. 아무리 붕당으로 서로 물고 뜯고 하더라도 율곡의 업적을 부정할 사대부는 없었을 테니 말이다. 그런데 송시열은 율곡을 신성화하는 데 그치지 않고 그의 어머니인 사임당 역시 이른바 '율곡사업'에 포함시킨 것이다.

신사임당: 송시열, 그는 자신의 입맛에 맞게 나를 재탄생시킨 거예요. 아니 자기 방식대로 해석했다는 것이 맞겠지요. 나를 조선 대유학자인 이이의 어머니로 굳힌 거지요. 꿈이 많고 나라는 존재감을 어떻게든 드높이고 싶었던 신인선은 철저히 가려지게 만든 것이에요.

송시열은 그가 존경해마지 않던 주자의 성리학 사상에 절대적 영향을 준 학자들인 정이·정호를 낳은 후 부인에 사임당을 대입했다. 후손도 아니면서 국가 재정으로 사임당의 묘소를 정비하려 했고, 현모양처의 표상으로 자리를 굳히게 만들었다. 주자의 나라를 만들고자 했던 송시열의 해석에 사임당의 모든 것이 갇히게 되었다. 사임당의 예술 세계마저도 성리학의 틀 속에 포함되었다.

물론 사임당은 자녀교육에 혼신을 다한 어머니이기는 했다. 그런데 그 당시 사대부가 여인들은 누구나 그만큼은 했다. 어린 나이에 아홉 번이나 장원급제를 했고, 서인의 영수로 받들어질 정도로 유독 뛰어났던 아들 덕분에 위대한 어머니가 되었다. 그 아들이 사임당을 현모양처로 자리를 굳히게 했다.

신사임당이 말하다

나를 현모양처라는 굴레에 넣어 박제시키지 않았으면 좋겠어.

언제까지 여성을 현모양처의 틀에 맞춰놓으려는 거지?

현모양처가 되지 않으면 여성 취급도 하지 않으려는 사회는 퇴보하는 사회야.

그런 점에서 현대 여성들이 그런 틀을 벗어나고 있다는 건 바람직한 현상으로 보여.

난 정말 고루한 여성이 아니란 말이야. 나름 혼자만의 세계관을 구축한 화가로 인정받고 싶은 자존감이 강한 여성이란 말이지.

내 자신이 소중했고, 내 부모나 내 자식들이 소중했기에 내 삶의 영역에 충실했어.

나는 결코 남편에게 어질고 착한 아내가 아니었어. 사랑하는 이에게 한없이 자애롭기만 한 아내가 아니었단 말이지. 질투도 하고 견제도 했던 그저 그런 여인이었어.

나는 여성들의 적이 되고 싶지 않아. 나는 그대 난설헌과 다름없이 내 세계를 꿈꾸었던 여성이란 말이지. 왜 그런지 내 말을 들어줄래? 그러려면 나를 현모양처의 틀에서 꺼내줘. 제발 5만 원권에 나를 가두지 마.

한 남자의 아내인 것을 슬퍼했던 난설헌

조선이라는 사회는 여성들에게만큼은 한없이 불편한 사회였다. 당연히 현모양처로 알려진 사임당이나 도저히 현모양처로 떠올릴 수 없는 난설헌이나 마찬가지였다. 그나마 그녀들 경우에는 집안의 배경과 그 울타리로 이름을 가지게 되었고, 그 이름을 남길 수 있었다.

그럼에도 조선에서 여성으로 태어나 한 남자의 아내가 되었다는 사실은 바뀌지 않는다. 그로 인해 고통스런 세월을 살았다는 게 문제다. 그들이 여성으로 태어나지 않았다면, 아니 남녀차별이 존재하지 않은 사회에서 태어났다면, 그들의 화가로서의 예술성이나 시인으로서의 천재성은 더 배가되었을지도 모른다. 물론 그들에게 불편한 사회였기에 그들의 삶과 능력이 더 빛이 났다는 역설이 통할 수도 있다. 성리학적 이데올로기는 여성들의 사회활동은 극히 제한시켰으며 여성이라는 존재는 집안을 지키고 후세를 낳아 기르는 역할만으로 의미부여가 되었다.

조선에서 태어난 것!

여자로 태어난 것!

김성립의 아내가 된 것!

신사임당: 나는 그대가 한 이 말을 곱씹을 때마다 격하게 공감이 갑니다. 어찌 이 세 가지 한이 난설헌 그대에게만 해당되겠어요. 아마도 조선에서 살았던 수많은 여인네들이 느꼈던 설움이 아니었을까요? 그리고 시대가 몇 번이나 바뀐 현대에도 그렇게 느끼고 사는 여인네들이 있을지 모르고요.

허난설헌: 저는 조선에서 여성으로 태어난 것이 딱히 한이라고 여기지 않을 때도 있었어요. 저희 집안은 아들딸 구분 없이 자식으로, 동생으로, 누이로 인정해주었어요. 그런 자유로운 가풍에서 성장했기에 남녀가 크게 다르다는 생각을 하지는 않았지요. 최소한 김성립이라는 남자와 결혼을 하기 전까지는요.

신사임당: 그대 부친의 틀에 박히지 않은 사고방식이 자식들에게 지대한 영향을 주었겠군요. 그대나 그대의 동생 허균이 비범했던 것을 보면 알 수 있어요.

허난설헌: 제 부친께서 동인의 영수였다고는 하지만 성리학만 고집하는 분은 아니셨어요. 스승이신 화담 선생의 영향을 받았기 때문인지 답답한 점은 없으셨지요. 그래서 아들들 못지않게 딸인 제게도 교육의 기회를 균등하게 주었어요. 그러나 한 집안의 가치관은 시대의 논리를 뛰어넘을 수 없다는 것을 새삼 깨닫게 되었어요.

신사임당: 우리가 살던 때만 해도 가풍이 우선이기는 했지요. 나 역시 어떤 목적의식하에서 현모양처로 키워졌다고는 생각지 않아요. 사림이 자리를 잡고, 기다렸다는 듯이 붕당이 시작되면서 조선에 살고 있는 여성들의 위치에도 지각변동이 온 것이지요. 그리고 성리학이 굳건해지면서 남성 중심의 가치체계가 확고해졌어요.

서경덕徐敬德의 문인이자 당쟁이 시작될 때 김효원과 함께 동인의 영수領袖가 되었던 난설헌의 아버지 허엽은 자식들을 시대가 원하는 틀에 가두지 않았다. 그런 그를 두고 율곡은 '이론이 모순된 점이 많고 문의文義에 어두웠다'고 평가했다. 반면 퇴계 이황李滉은 차라리 학식이 없었다면 착한 사람이 되었으리라고 했다. 어쩌면 세속의 잣대에서 조금 벗어난 기인이라면 기인이었던 화담 서경덕의 영향이었는지도 모른다.

여성에 대해 그다지 우호적이지 않았던 조선에서 허난설헌이라는 시인이 나올 수 있었던 것은 분명 그녀의 부모 영향이 컸다. 그녀의 부모는 난설헌을 현모양처로 키우기보다 자신의 감성을 아낌없이 쏟을 수 있는 시인이 되도록 도움을 주었다.

허난설헌: 저는 열다섯의 나이에 김성립과 혼인을 했어요. 배우자는 안동 김씨로 명문가의 자제였지요.

신사임당: 잘 알고 지내던 집안이었나요?

허난설헌: 딱히 잘 알고 지내던 집안은 아니었어요. 붕당이 시작된 지 얼마 되지 않았던 때라 비슷한 당색의 집안이었다고 하는 게 옳을 거예요. 그는 동인에서 갈라진 남인과 북인 중 남인에 속하는 인물이었지요. 영조 때의 인물 이중환은 저서 『택리지』에서 붕당에 대해 '다른 당색끼리는 서로 혼인을 하지 않을 뿐만 아니라 서로 용납하지 않는 지경까지에 이르렀다'는 비판을 했어요. 그런 상황이었으니 제 혼인 또한 크게 다르지 않았겠지요.

신사임당: 그럼 비슷한 당색을 가진 집안이었는데 무엇이 그대를 그토록 힘들게 했나요? 시집살이가 혹독했나요?

허난설헌: 같은 당색을 가진 집안이라고 해도 여느 사대부가와 다를 바 없었지요. 더군다나 시댁은 무척 보수적인 집안이었어요. 자유로운 가풍을 가진 친정과는 반대로 가부장적인 가문이었지요. 저를 이해해주던 친정과 달리 시댁에서는 저라는 존재를 그다지 달가워하지 않았어요.

그들이 여성으로 태어나지 않았다면,

아니 남녀차별이 존재하지 않은 사회에서 태어났다면,

그들의 화가로서의 예술성이나 시인으로서의 천재성은

더 배가되었을지도 모른다.

그것은 평범함과 비범함의 차이이기도 했다. 난설헌은 이미 8세 때 신동이라고 소문이 날 정도였다. 여성이면서도 비범했던 허난설헌과 달리, 김성립은 남성이면서도 아내의 재능에 미치지도 못할 정도로 평범했다. 그리고 시를 쓰는, 그것도 천재적인 재능으로 시를 쓰는 며느리를 그녀의 시어머니는 좋아하지 않았다. 시어머니가 그녀를 달갑게 여기지 않은 것처럼 그녀의 친정에서도 김성립을 마땅치 않게 여겼다. 특히 그녀의 동생인 허균이 그랬다. 누구보다 그녀의 재능을 잘 알고 있던 허균으로선 매형 김성립에 대해 높은 점수를 줄 수가 없었다.

신사임당: 부부라도 아내가 남편보다 재능이 뛰어날 수 있고 실력도 월등할 수 있는데, 가부장적인 사회에서는 용납이 되지 않았지요. 나 또한 다르지 않았어요. 같은 책을 읽고도 이해하는 깊이가 다를 수 있지요. 서로의 실력이 다름을 인정하면 편안해질 수 있을 텐데, 남자는 여자보다 잘나야 한다는 사고방식이 스스로를 해치게 돼요. 배울 것이 있다면 누구라도 스승이 될 수 있다는 성현들의 말씀은 도대체 어디로 듣는 건지 모르겠어요.

허난설헌: '고추 당초 맵다 해도 시집살이만 못 하더라'는 말이 있지요. 아들보다 뛰어난 며느리를 이해하지 못했던 시어머니의 갖은 구박이 있었어요. 하지만 그런 구박보다 더 서러웠던 것은 사랑이 없는 남편의 모습이었지요. 남편은 과거공부를 핑계 삼아

바깥으로 돌았어요. 노는 데 정신을 빼앗긴 탓이지요.

낭군자시무심자〔郎君自是無心者〕
동접하인종반간〔同接何人縱半間〕

난설헌이 남편 김성립이 기생집에서 친구들과 어울릴 때 보낸 편지에 있는 시다. 해석을 하자면 남편은 다른 마음이 없는데, 같이 공부하는 친구들이 어떤 이들이기에 이간질을 시키느냐는 의미가 들어 있다. 마음잡고 공부하려는 남편을 주위 친구들이 흔든다는 완곡한 표현이다. 이 한 줄의 시로 김성립의 친구들은 그녀의 글재주에 탄복했다고 한다.

그뿐이 아니다. 김성립이 서당 학생들이나 과거에 응시하는 유생들이 모여 이룬 모임인 접接에 간다 하고 기생집에 갔던 일이 있었다.

옛날의 접接은 재才가 있었는데〔古之接有才〕
오늘의 접接은 재才가 없다〔今之接無才〕

원래 접接이란 모임은 재才를 가지는 모임인데, 김성립이 간 곳은 재가 빠진 결과 첩妾, 여자만 남아 있다는 의미를 담고 있다. 공부에 열을 올리기보다 주색잡기에 빠진 남편을 조롱한 글이라 하겠다.

신사임당: 그대의 글에 남편의 열등감이 더 심해졌을 것 같군요. 그대의 남편은 과거시험 준비를 구실로 강가에 집을 짓고 따로 생활했다는데, 아내는 그런 경지를 넘어섰으니 말이에요. 이는 자신의 아내나 여인들이 남자만 못해야 한다는 사고방식이 뿌리 깊게 남아 있기 때문이 아닐까요? 어쩌면 조선에서 살았던 우리 여인들은 '태임'과 같은 현모양처, '악양의 처'와 같은 내조만 하는 여인이기를 요구받기도 했던 것 같아요. 내 자신도 그랬거든요.

중국 전국시대 위衛나라에 악양樂羊이라는 이가 있었다. 그에게는 스승 같은 아내가 있었다. 그가 어느 날 길을 가다 황금을 집어 집에 가져갔다.

"지사志士는 남몰래 남의 우물물도 마시지 않고, 염치를 아는 사람은 남이 함부로 던져주는 음식도 먹지 않는 법입니다. 그런데 이 황금은 내력을 모르는데 어찌하여 집으로 가지고 와 소행을 더럽히려 하시는 겁니까?"

아내가 황금에 침까지 뱉으며 말하니 그는 즉시 황금을 버렸다. 그리고 깨달은 바가 있어 집을 떠나기로 했다. 아내는 베를 짜며 살림을 책임지고 있었기에 그는 큰 인물이 되어야겠다고 생각했다. 그래서 노나라로 유학을 떠났는데 외지생활이 힘들어 1년 후에 집으로 돌아왔다.

"원하는 학문을 이루었습니까?"

악양은 처음 먹은 마음과는 달리 그렇게 하지 못했다고 했다. 그러자 아내는 그가 보는 데서 칼을 들어 베틀의 실을 모두 끊었다.

"베도 한 필이 완성되어야 쓸모가 있는 법입니다. 이렇게 짜다가 말고 잘라버린 베를 살 사람은 없습니다. 사람과 학문 또한 그와 같아서 학문이 무르익어야 그 사람이 천하에 소용되는 바가 있어, 그를 찾게 되는 법입니다."

그의 아내의 말은 천금과도 같았다. 그는 다시 집을 떠나 7년 동안 공부에 매달린 끝에 위나라 장수로 발탁될 수 있는 준비를 마칠 수 있었다.

신사임당: 나 역시 악양의 아내처럼 남편에게 10년 동안 학업을 닦은 뒤에 다시 만나기로 청했지요. 악양이 처음 자신과의 약속을 지킬 수 없었던 것처럼, 내 남편 역시 쉬운 일이 아니었던 모양이에요. 남편은 악양보다 더 자주 집으로 발길을 돌렸었지요.

"대장부가 한 번 뜻을 세우고 10년을 작정하고 학문을 닦으러 떠난 길입니다. 그런데 사흘을 잇달아 되돌아온다면 당신이 장차 무슨 인물이 되겠습니까?"

"학문도 학문이지만 나는 도저히 당신을 떠나서 10년이란 긴 세월을 따로 떨어져 있을 수가 없소. 한 시각도 떨어질 수가 없는 지경인 것을 어쩌란 말이오."

사임당은 나약해진 남편의 각오를 다지기 위해 바느질그릇에서 가위를 내놓고 다시 한 번 다짐을 받았다.

“당신이 이처럼 나약하고 무능력하면 저는 세상에 희망이 없는 몸일 뿐입니다. 어찌 더 오래 살기를 바라겠습니까? 차라리 이 가위로 머리를 자르고 저는 여승이 되어 산으로 가든지, 불측하지만 스스로 목숨을 끊어 내 인생을 마치는 편이 더 좋을 것 같습니다.”

사임당은 의지가 약한 남편을 다잡기 위해 극단적인 방법까지 제시한 것이다. 물론 자신을 괴롭히는 것으로 남편에게 자극이 되게 하는 방법이었다.

신사임당: 남편은 정신을 번쩍 차리고 한양으로 올라와 열심히 공부해서 벼슬길에 올랐지요. 비록 내 기대에 미치지 못하고, 아들만큼 큰 인물은 되지 못했지만 아내의 내조를 받아들였던 거지요. 그런데 그런 내조가 정말 필요했을까요?

나는 남편보다 먼저 세상을 뜨면서 아이들을 위해 재혼을 하지 말아달라고 부탁했어요. 하지만 남편은 내가 죽자마자 첩 권씨를 본댁으로 들여오고 말았지요. 남편은 똑 부러진 내조보다 사랑을 원했던 것은 아닐까 싶네요.

허난설헌: 그럴 수도 있겠네요. 아내의 서슬 퍼런 내조를 받은 악양도 결국 적이 된 아들의 고기를 먹어야 했어요. 내조로 다져진 입신양명이 자식조차 잡아먹게 된 것이지요. 자식을 앞세운다

는 것이 얼마나 큰 슬픔인지 그들은 알았을까요? 그러한 슬픔은 당해보지 않은 사람은 절대 알 수 없을 겁니다.

난설헌은 원만하지 못한 결혼생활에다, 자식마저 먼저 떠나보내게 되자 '곡자哭子'라는 시를 지어 그 슬픔을 달랬다. 그녀의 남편 김성립은 과거에 급제하여 관직에 나가긴 했지만 여전히 가정에 소홀했다. 그는 기방을 드나들며 풍류를 즐겼고, 가정에 소홀할수록 시어머니는 시기와 질투로 그녀를 학대했다. 그런 상황에서도 그녀가 여성으로서 가장 힘들었던 점은 자식을 앞세운 것이었다.

허난설헌: 결혼 전에는 시를 쓰는 것이 살아가는 이유였다면, 결혼 후에는 나를 이해해주는 단란한 가정을 이루는 것이 꿈이었어요. 여인이라면 누구라도 그렇겠지요. 그런데 자식을 모두 먼저 하늘로 떠나보내고 나서 살아갈 이유를 찾지 못했어요.

신사임당: 같은 여자로서, 그리고 어머니로서 그 슬픔을 매우 공감합니다. 그대의 세 가지 한을 충분히 이해할 수 있어요. 그런데 남편에 대한 아내로서의 마음은 어땠나요? 한이 될 만큼 미움이 깊었다면 그만큼 사랑도 깊었던 것이 아닐까요?

허난설헌: 저도 남편에게 사랑받는 아내이고 싶었어요. 밖으로만 돌며 오지 않는 남편을 기다리는 아내의 마음을 가졌었지요.

제가 쓴 시 '채련곡采蓮曲'이 바로 그러한 마음을 담은 것이에요. 시인으로 아름답게 사는 것을 꿈꾸기도 했지만, 사랑받는 여인으로 사는 것 역시 간절히 원했어요. 저도 여인이었으니까요.

제비는 비스듬한 처마에 쌍쌍이 날아들고〔燕掠斜簷兩兩飛〕
떨어지는 꽃잎은 어지러이 비단옷을 스치네〔落花撩亂拍羅衣〕
깊은 규방에서 멀리 내다보며 봄뜻을 잃었는데〔洞房極目傷春意〕
강남에 풀 푸르러도 임은 돌아오지 않네〔草綠江南人未歸〕

떠난 임이 돌아오기를 간절히 바라는 마음을 담은 남설헌의 '기부강사독서寄夫江舍讀書'라는 시다. 부부간의 정을 누리기는 어려웠던 그녀의 결혼생활, 원망과 그리움이 묘하게 뒤섞여 있다.

여자들의 감옥, 규방

조선시대에서 규방閨房은 여성들의 공간으로 인식되었다. 남성들의 공간과는 별개인 여성들만의 공간으로 한정지었다. 여성들에게 그곳은 생활공간이기도 했지만, 때론 벗어나고 싶은 감옥과도 같은 곳이었다.

신사임당: 규방이란 말은 참 그럴 듯했지요. 안과 밖으로 남녀의 위치를 정해두고, 남성은 바깥채에 거주하고 여성은 안채에 거주하니, 마치 존중받는 것 같잖아요. 그런데 실상은 여성을 안쪽으로 밀어두고 정치라든지 사회생활에서 격리를 시킨 거지요. 그래서 규방은 여성들에게 있어서는 한과 원망으로 상징되었어요. 그대의 '규원가閨怨歌'가 그 증거입니다.

엊그제 젊었더니 어찌 벌써 이렇게 다 늙어 버렸는가?

어릴 적 즐겁게 지내던 일을 생각하니 말해야 헛되구나.

이렇게 늙은 뒤에 설운 사연 말하자니 목이 멘다.

부모님이 낳아 기르며 몹시 고생하여 이 내 몸 길러낼 때, 높은 벼슬아치의 배필을 바라지 못할지라도 군자의 좋은 짝이 되기를 바랐었는데, 전생에 지은 원망스러운 업보業報요 부부의 인연으로 장안의 호탕하면서도 경박한 사람을 꿈같이 만나 시집간 뒤에 남편 시중하면서 조심하기를 마치 살얼음 디디는 듯하였다.

열대여섯 살을 겨우 지나 타고난 아름다운 모습 저절로 나타나니, 이 얼굴 이 태도로 평생을 약속하였더니, 세월이 빨리 지나고 조물주마저 시기하여 봄바람 가을 물이 베틀의 베올 사이에 북이 지나가듯 빨리 지나가 버려 꽃같이 아름다운 얼굴 어디 두고 모습이 밉게도 되었구나. 내 얼굴을 내가 보고 알거니와 어느 임이 나를 사랑할 것인가? 스스로 부끄러워 하니 누구를 원망할 것인가.

허난설헌: '규원가'는 규방에서 느끼는 설움과 원망을 담았어요. 한 계절 피었다 지는 꽃도 자기 존재감을 드러내는데, 나는 그보다 못한 신세가 아닐까 싶을 때가 많았지요. 이름이 있은들 무얼 하겠어요. 길가의 꽃보다 못하다는 생각이 들 때도 있었답니다.

이런 마음이 어디 저뿐이었을까요?

천상의 견우직녀 은하수 막혔어도
칠월칠석 일년일도一年一度 실기失期치 아니거든
우리 님 가신 후는 무슨 약수弱水 가렸기에
오거나 가거나 소식조차 그쳤는가
난간欄干에 비겨 서서 님 가신 데 바라보니
초로草露는 맺혀 있고 모운暮雲이 지나갈 제
죽림竹林 푸른 곳에 새소리 더욱 설다
세상의 서룬 사람 수 없다 하려니와
박명薄命한 홍안紅顔이야 나 같은 이 또 있을까
아마도 이 님의 탓으로 살동말동 하여라

허난설헌의 '규원가'는 규방가사閨房歌辭로 '원부사怨夫祠'라고도 한다. 규방가사는 조선 후기에 유행했는데 '규원가'는 출발점이기도 했고, 뛰어난 작품으로 평가되고 있다. 양반가의 아녀자로 규중에서만 자신의 삶을 보내야 했던 한을 담은 가사이다. '규원가'는 허균의 첩인 무옥이 지었다는 설도 있지만 대체로 난설헌을 지은이로 보고 있다.

조선 후기의 문신이었던 홍만종은 '규원가'를 두고 『순오지』에서 이렇게 극찬하였다.

나는 첩을 들이려는 남편에게 화를 냈고,

재혼도 하지 말라고 당당히 요구한 것이에요.

송시열이 말하는 현모양처에 낙제점을 맞을 행동이었지요.

우습지 않나요?

"홀로 지내는 모습을 잘 묘사했으며, 여성다운 향기와 아름다움을 내포하여 비록 옛 문인의 염체艷體:부드럽고 아름답게 나타내는 여성적인 시의 문체라도 이 보다 더 잘 할 수 있겠는가."

신사임당: 그대가 남편에 대한 기대를 저버리지는 않았군요. 글에서 임을 그리워하는 마음이 느껴져요. 규방의 아녀자에게 임이 남편 말고 누가 있겠어요. 남자들에게는 아내만이 임이 아니지만 말이에요.

허난설헌: 사임당께서도 남편에 대한 그리운 마음이 크셨는지요?

신사임당: 나 또한 여인이었어요. 현모양처는 여자가 아닌가요? 여자만이 현모양처라는 소리를 들을 수 있지만 마치 여자가 아닌 듯 취급을 하지요. 다시 말하지만 현모양처는 내 이미지일 뿐 내가 그렇게 여기지 않아요. 나 역시 규방에 갇힌 여인일 수 있었지만, 그래도 다른 여인들에 비해 선택의 여지가 있었지요. 내가 살던 때만 해도 친정살이가 인정이 되던 때였으니까요.

강릉 오죽헌은 신사임당과 그녀의 아들 율곡 이이가 태어난 곳이다. 사임당의 시댁은 파주였지만, 그녀는 결혼 후에 시집에서 거의 살지 않았고 많은 세월을 친정인 강릉에서 살았다. 이는 사임당이 남편 이원수와 결혼할 때부터 합의된 사항이었다고 볼 수 있다. 다섯 딸 중 둘째였던 사임당은 총명함과 뛰어난 재능으로 집안의 사랑을 받았다. 그녀의 아버지는 딸을 오래도록 곁에 두고 싶어서 자기 가문보다 낮은 집안의 자제를 딸의 배우자로 삼았다. 그랬기에 사위인 이원수와 처가살이를 합의하지 않았을까?

사임당이 살았던 16세기 조선에서는 여성들의 친정살이가 드문 일이 아니었다. 여성이 재산권과 상속권을 잃고 남녀가 불평등해진 것은 17세기 중엽부터였다.

허난설헌: 집안에서 재능을 아낀 것은 저 또한 다르지 않았지요. 저도 사임당처럼 친정살이를 했더라면 어땠을까요? 규방이라는 틀에 갇혀 살지 않아도 되었을까요? 시어머니의 매운 시집살이를 벗어날 수 있었을까요? 남편의 방탕한 생활을 막을 수 있었을까요? 사임당께서는 규방의 설움 같은 것이 다른 여인들에 비해 덜했나요?

신사임당: 글쎄요, 내가 비록 친정살이를 했다고는 하지만 그렇다고 시댁에 소홀했던 것은 아니에요. 나 역시 지극히 정상적인 조선의 여인이었으니까요. 20년 가까이 친정살이를 하면서도 친정과 시댁을 오가며 양쪽 부모님들을 공경으로 대했어요. 시댁에서도 남자가 여자의 집에 장가드는 남귀여가혼南歸女家婚을 인정하고 합의한 탓에 친정살이 자체가 문제가 되진 않았지요. 상대적으로 다른 여인들에 비해 규방의 설움을 덜 느낀 것은 사실이지요.

내가 살던 때만 해도 여성의 사회적 지위가 그렇게 낮지 않았어요. 물론 성리학의 영향과 더불어 가부장체제가 여성들을 가두고 고립시키기는 했지요. 난설헌 그대와 내가 살던 시대가 크게 차이가 나지는 않지만 그 사이 여성의 지위는 천양지차가 되고 말았어요. 아무튼 아들이 없는 친정에서 나는 가장 역할을 맡았고, 그 정도는 양쪽 집안에서 허용되었던 것이지요.

허난설헌: 그럼 규방에서 겪을 수 있는 아픔이 덜한 만큼, 한 여인으로서의 권리를 충분히 행사할 수 있었겠네요.

신사임당: 아무래도 내 구역이란 점은 확실히 힘이 되긴 하지요. 익숙한 공간, 익숙한 사람들 속에 있던 나는, 내게 주어진 역할들을 능동적으로 받아들이고 실행했어요. 그러다 보니 남편에게 고분고분한 여인이 아니었지요. 남자 못지않게 가장 역할을 했기 때문인지 내 주장이 강한 편이었어요. 그저 인자했으리라 여기는 현모양처 이미지는 아니었다는 것이지요. 혹시 내 입장을 생각해본 적은 있나요? 난설헌 그대가 김성립의 아내가 된 것을 한으로 여겼던 것 못지않게, 나 역시 남편 이원수를 원망하는 마음이 컸다는 것을요.

허난설헌: 현모양처라 하면 남편에게 순종하는 아내를 떠올리게 마련이에요. 그런데 그렇지 않으셨다는 말씀인가요?

신사임당: 그랬지요. 나는 남편이 모든 면에서 나보다 부족함이 없기를 바랐어요. 비록 처가살이를 하더라도 대등한 위치에 서야

한다고 여겼지요. 그의 입신양명을 위해 10년을 떨어져 사는 것까지 감당하겠노라며 학문에 정진할 것을 권했어요. 하지만 그는 3년 만에 학문을 단념하고 말더군요. 그래서 부끄럽게도 과거시험이 아닌 조상의 공적을 감안해 벼슬을 주는 음서蔭敍로 관직에 나서게 됐지요.

허난설헌: 어쩔 수 없지 않나요. 순종이 규방에 방치된 여인들의 본분인 것처럼 여기는 사회였으니까요. 남자는 밖에서 무슨 짓을 하더라도 용서가 되고, 여인들은 규방에서 목소리를 높이면 안 되는 거라고 강요하는 시대였어요.

조선 후기 문신 정래주가 엮은 『동계만록東溪漫錄』에는 신사임당과 그녀의 남편인 이원수의 대화가 소개되어 있다. 사임당은 자신이 죽은 후에 남편에게 재혼하지 말라고 당부했다. 이미 8남매를 두어 더 구할 것도 없으니 『예기』의 교훈을 어기지 말라고 했다.

이에 이원수는 마치 이해할 수 없다는 듯이 공자나 증자 등을 예로 들어 질문했다. 사임당은 공자가 피난을 갔을 때 부인이 따라가지 않은 것을 이유로 부인을 내쫓지 않았고, 증자는 부모 봉양하는 도리에 어긋남이 있어 부인을 내쫓기는 했지만 재혼하지 않았으며, 주자는 47세 때 부인 우씨가 죽고 맏아들 숙은 아직 장가를 들지 않아 살림할 사람이 없었지만 다시 장가를 들지는 않았다는 것을 강조했다. 즉 그녀의 뜻은 남편이 다른 여자와 결합하는 것을 몹시 꺼려했을 뿐만 아니라, 자신이 죽은 후에도 남편이 재혼하지 말 것을 강력하게 내세웠다.

신사임당: 그토록 예를 들어 부부 사이의 예법을 이해시켰지만, 남편에겐 소귀에 경 읽기처럼 되고 말았지요. 그는 다른 여인에게 마음을 주었고, 딴 살림을 차리기도 했어요. 그때의 충격이란 이루 말로 형용할 수 없었지요. 남편은 결국 내가 죽고 첩이었던 그녀를 아내로 맞아들였어요. 무릇 여인이란 이래야 한다며 규방으로 몰아넣은 사대부가 하는 짓이란 게 이처럼 이율배반적인 것이었어요. 그런데도 송시열이란 자는 여성들을 교화대상자로 삼지 못해 안달이 난 것 같아요.

허난설헌: 사임당을 현모양처로 만들고, 조선을 주자의 나라로 만들고자 했던 우암 송시열을 말씀하는군요.

신사임당: 『계녀서戒女書』라고 그가 출가하는 큰딸을 위해 지은 훈육서가 있어요. 부모와 남편과 시부모 섬기는 도리와 형제와 친척 사이에 화목하는 도리와 자식 기르는 도리 등을 적었어요. 부녀자로서 가슴에 새기고 살아가야 할 도리를 20개 항목으로 정리한 글인데, 어찌 보면 딸을 향한 아버지의 정이라 할 수 있지만, 여성을 규방의 존재로 공고한 것이나 다름없어요.

허난설헌: 맞아요. 그 중 특히 제사 지내는 부분을 강조했죠. 지금의 현대여성들이 가장 부담스러워하는 부분이기도 해요. 오죽

하면 명절증후군이라는 말이 생겼겠어요.

송시열은『계녀서』에서 제사의 중요성을 강조했다. 제사를 아름다운 효의 극치라 여겼고, 자손이 있어 조상을 받들 수 있으니 즐거운 일이라 했다. 제사는 정성으로 정결하게 하며 조심하는 것이 으뜸이라, 제수를 장만할 때 미리 괜한 걱정하지 말고, 없는 것을 구구하게 얻지 말라고 했다. 제수는 쓸 만큼만 장만하고, 뒤에 올릴 제사에 부족할 것을 생각하여 풍족하고 박함이 너무 뚜렷하지 않게 하라고 일렀다.

그리하여 제사는 규방의 여성들의 당연한 의무인양 되어버렸다. 하지만 여성이 하는 일이 제사를 지내는 주체라기보다 그저 제수 준비나 하는 게 다였다. 그밖에도 집안의 노비를 다스리는 일이나 손님 접대도 만만치 않는 일이었다. 규방의 여인들은 제사를 지내거나 손님을 접대하기 위해 애를 써야만 했다. 송시열은 어느 여인이 머리카락을 잘라 팔아서 손님을 위한 음식비용을 마련한 예를 들기도 했다.

허난설헌: 송시열 외에 다른 이의『계녀서』에서도 제사와 손님 접대를 여인들의 일로 확실히 기록해놓았지요. 오희문의『쇄미록瑣尾錄』과 남평 조씨의『병자일기』등에서 여성들이 해야 할 일들을 누누이 강조했는데, 손님을 접대하고 제사를 지내기 위한 여성들의 노력이 얼마나 필사적인 것이었는지 느낄 수가 있어요.

신사임당: 그뿐만 아니에요. 그들은 여성들을 규방에 방치해두고 집안일을 돌보게 하는 것만으로 그치지 않았어요. 송시열은 『계녀서』에서 남편이 첩을 사랑한다고 해도 노여움을 갖지 말고 더욱 공경하라고까지 했어요. 어쩌면 그는 조선 여성들의 '공공의 적'과 같은 존재였어요. 그런데 나는 첩을 들이려는 남편에게 화를 냈고, 재혼도 하지 말라고 당당히 요구한 것이에요. 송시열이 말하는 현모양처에 낙제점을 맞을 행동이었지요. 우습지 않나요?

허난설헌: 남성 중심의 사회에서 그들이 원하는 모양의 현모양처를 내세워야 했으니 당연했겠지요. 그런데 그들은 규방에 사는 여인들의 설움을 알지도 못했고, 아니 알려고 하지도 않았을 겁니다. 그랬으니 여인들에게 남자의 성적 욕망을 인정하고 받아들이라고 했겠지요. 그것이 『계녀서』 따위의 규범서로 당대의 금과옥조가 되었을 거고요.

그런데 여성을 그런 규범으로 가둔 것은 비단 남성들만이 아니었어요. 인수대비仁粹大妃로 유명한 성종의 어머니인 소혜왕후昭惠王后는 부녀자의 훈육을 위한다고 『내훈內訓』을 편찬했어요. 물론 유교 이념을 널리 퍼뜨릴 사명감을 가졌던 성종의 의지가 뒷받침되었다고 볼 수도 있겠지만요.

신사임당: 그래도 『내훈』이 유교 사회의 가족생활에서 요구되는 기초적인 덕목이니 이상에 가깝다고 해야 하겠지요. 유교경전이나 여러 교훈서에서 이미 강조되어 온 것들인데다, 한편으로는 여

성으로서 그 역할의 중요성을 이야기한 것이어서 봐줄만 해요. 왕의 어머니로서 이상적인 며느리를 보고 싶었던 것이 조금 지나쳤지만요.

"나는 홀어미인지라 옥 같은 마음의 며느리를 보고 싶다. 그런 고로 『소학』, 『열녀』, 『여교』, 『명감』 등 지극히 적절하고 명백한 책이 있지만, 복잡하고 권수가 많아 쉽게 알아 볼 수가 없다. 이에 이 책 가운데서도 중요하다고 생각되는 내용을 뽑아 일곱 장으로 만들어 너희에게 주는 것이다."

소혜왕후는 자신이 『내훈』을 편찬한 이유를 서문에 이처럼 밝혔다. 『내훈』은 나라나 집안의 치란과 흥망은 우선 남자의 능력에 달려 있지만, 그 부인의 덕성 또한 중요한 변수가 되므로 여자를 교육해야 한다는 소명의식에서 출발하였다.

허난설헌: 보통 '여자의 적은 여자'라고들 합니다. 고부관계를 보면 알 수 있어요. 소혜왕후는 이상적인 며느리를 원한다는 명분으로 중전 윤씨를 폐비로 만들었고, 그로 인해 연산군이라는 비극을 낳았어요.

신사임당: 짧은 결혼생활을 한 소혜왕후는 부부관계의 역할모델을 제대로 정립하지 못했지요. 결혼생활 3년 만에 남편과 사별하고 자식들을 돌보았던 그녀는 훌륭한 어머니가 될 수 있었을지

언정 따뜻한 시어머니는 아니었어요. 그녀가 남녀 간의 사랑에 대해 좀 더 유연한 사고방식을 가졌더라면 연산군이라는 불행을 만들지 않았을지도 몰라요. 며느리인 중전 윤씨가 아들 성종의 얼굴에 상처를 낸 사건으로 '여자는 원래 남자에 비해 성급하고 투기심이 많은데다 독하기까지 하다'는 오류를 저지른 거지요.

소혜왕후의 『내훈』이 부정적인 것만은 아니라고 생각해요. 다만 여성의 입장에서 좀 더 고려했다면 하는 아쉬움이 남는 거지요. 소혜왕후는 여성을 넘어 왕의 어머니로서의 역할에 더 집중했다고 볼 수 있어요.

허난설헌: 소혜왕후와 달리 여성이라는 약점을 딛고서 권력을 잡으려 했던 여인들도 있었어요. 그녀들은 남성이 주도하는 조선의 역사에서 결코 환영받지 못할 존재들이었지요. 저와는 또 다르게 말이에요.

욕망이라는 이름을 가진 여성

신사임당: 내가 본의 아니게 현모양처로 둔갑하게 된 데에는 남성들의 자존심을 자극한 희대의 여인들 때문이라고 생각해요. 특히 나와 동시대를 살았던 여인이 대표적이에요. 그중 제11대 왕 중종의 계비이자 명종의 어머니인 문정왕후文定王后:1501~1565를 빼놓을 수 없지요. 그녀는 남성 중심의 사림들에게는 치명적인 존재였어요.

허난설헌: 맞아요. 문정왕후는 조선왕조실록에서 가장 가혹한 평가를 받은 왕비이기도 하지요. 당나라의 측천무후則天武后를 떠올릴 정도로 남성 위주의 조선 사회에서 강력한 여성의 힘을 보여주었기 때문일 겁니다.

측천무후는 중국에서 여성으로서는 유일하게 황제가 되었던 인물이다. 원래는 당나라 고종 황제의 황후였지만, 중국 최초의 여자 황제를 꿈꾸며 자신의 재능과 모략으로 막강한 정적들과 황태자들을 연이어 폐위시키고 최후의 승자가 되었다.

문정왕후는 조선의 측천무후라 해도 손색이 없었다. 그녀는 철저히 남성 위주의 사회인 조선을 뒤흔들어 놓았다. 수렴청정을 통해 남성 관료들을 호령했고, 조선의 국시國是이던 숭유억불崇儒抑佛 정책을 보란 듯이 무시하고 불교를 앞세웠다. 때문에 유학 이념으로 무장된 조선의 사대부들, 특히 남성 지배층에게 그녀는 불편하고도 불쾌한 존재일 수밖에 없었다.

허난설헌: 수렴청정의 시작은 이미 고구려와 신라 그리고 고려시대에도 있었어요. 그리고 조선에 들어와서도 정희왕후의 선례도 있었고요. 그런데 문정왕후의 수렴청정은 무엇이 달랐을까요?

신사임당: 수렴청정이란 제도를 일종의 특혜라고 볼 수 있을까요? 한정적이지만 공식적으로 여성에게 권력을 주는 것이니까요. 수렴청정은 나이 어린 왕이 즉위했을 때 성인이 될 일정기간 동안 왕대비나 대왕대비가 국정을 대리로 처리하는 것을 말해요. 그런데 온전히 다 그 권한을 누릴 이가 몇이나 되겠어요?

세조의 왕비였던 정희왕후가 아들 예종이 죽은 뒤에 손자 자산군이 성종이 되었을 때, 대왕대비의 자격으로 8년 동안 수렴청정을 한 것도 신숙주나 한명회 같은 협력자들이 있었기에 가능하지 않았을까요?

허난설헌: 그 말씀은 정희왕후가 온전히 자신의 의지대로 권력 행사를 하지 못했단 건가요? 그래도 조선 최초로 수렴청정을 한 여성으로서의 그 의미는 대단하지 않나요?

신사임당: 물론 정희왕후의 업적에 대해서 폄하할 수는 없어요. 그녀는 조선 초기의 종친 정리 작업, 종친의 관리 등용을 법으로 금지시키는 것으로 왕권을 안정시켰지요. 세조의 왕비답게 개인적으로는 불교를 신봉하였지만, 정책적으로는 조선의 국시인 숭유억불을 강화시켰고요. 구체적으로는 불교의 화장 풍습을 없애고 도성 내에 사찰을 폐지하였으며 승려의 도성출입도 금했지요. 또한 왕실의 고리대금업을 엄단하고 농업과 잠업을 육성하였어요.

이렇듯 그녀의 수렴청정 기간 동안은 조선의 왕권은 안정을 되찾았고 사회는 정돈되어 성종의 문화시대를 여는데 일조를 했다. 그런데 이게 온전히 그녀의 힘으로 이룩한 것이었다면 같은 여성으로서 긍지를 느꼈을 것이다. 하지만 그녀의 옆에는 세조의 근신이던 한명회와 신숙주 등이 있었다.

허난설헌: 어린 왕으로 즉위한 자산군이 그들에 의해 선택되었

기 때문이겠지요. 그래도 성종이 20세가 되던 해에 정희왕후가 수렴청정을 거두고 정치일선에서 물러났기 때문에 더욱 성공한 수렴청정으로 평가받는 게 아닐까요?

신사임당: 누군가 비교 대상이 있다는 것은 장점보다는 단점을 부각시킬 때 유효한 법이지요. 나아갈 때와 물러날 때를 잘 알았던 정희왕후가 있었기에, 반대로 오랫동안 권력을 놓지 못한 문정왕후가 부정적인 평가를 받을 수밖에 없을 거예요. 정희왕후의 수렴청정 이후 조선왕실에는 몇 차례 왕비들의 수렴청정이 있었지만, 문정왕후만큼 부정적 평가를 받는 왕후도 없어요. 그럼 왜 문정왕후는 부정적인 인물로 남게 되었을까요?

허난설헌: 비교대상이란 말씀은 정희왕후로 인해 문정왕후가 평가절하되었고, 그런 문정왕후 덕에 사임당께서 시대의 현모양처로 등극하셨다는 이치로 풀면 될까요?

신사임당: 그렇다고 볼 수 있지 않을까요? 신분은 다르지만 동시대를 살았던 문정왕후와 훗날 대유학자 율곡의 어머니인 나는, 문정왕후가 누군가에게 불편한 존재가 될수록 내가 그들이 바라는 이미지로 남아 있게 된 거지요. 그만큼 문정왕후는 논란의 여지가 충분한 여성이었어요. 다만 그녀를 공격하는 남성 지배층보다 여성들로부터 제대로 평가받지 못하는 아쉬움이 남긴 해요.

연산군의 폭정을 견디지 못한 이들이 연산군을 몰아내고 성종의 둘째 아들이던 진성대군晉城大君:중종을 추대한 것이 중종반정이다. 그런 중종은 후궁이 아닌 정식 왕비를 세 명이나 맞이하였다. 중종의 첫 번째 왕비는 단경왕후 신씨로 연산군 때의 권신 신수근의 딸이라는 이유로 폐출되었다. 두 번째 왕비는 반정의 주도세력이었던 윤임의 여동생 장경왕후 윤씨로, 왕비가 된 지 8년 만에 훗날 인종이 되는 원자를 낳고 산후병으로 사망했다. 그 후 세 번째 왕비가 된 이가 문정왕후였다.

문정왕후는 처음부터 강력한 지도력이 부각된 인물은 아니었다. 신하들에 의해 왕이 된 중종은 힘이 없었다. 그에게 왕비가 세 명이 된 이유이기도 하다. 그래서 조강지처나 다름없는 첫 번째 왕비 단경왕후는 반정공신들에 의해 폐출되었고, 힘없는 중종은 그녀를 지켜주지 못했다. 그걸 지켜본 문정왕후는 자신 또한 단경왕후의 신세가 되지 않을까 불안해했다. 이미 장경왕후가 낳은 세자가 있었기 때문에 더욱 입지가 약했다. 더욱이 훗날 인종의 외척세력인 윤임의 견제가 만만치 않아 정치의 쓴 맛을 골고루 맛보면서 견딜 수밖에 없었다. 그렇지만 그녀는 언젠가 자신의 때가 오기를 기다렸다.

허난설헌: 기회라는 게 기다림을 배신하지 않는지, 문정왕후는 왕비가 된 지 20년이 다 되어 아들 경원대군훗날 명종을 낳아 희망을 꿈꿀 수 있게 되었지요. 공식적으로 국모인 중전의 위치에 있

었으니 인종이 보위에 오른다 하더라도 왕대비로 남을 수 있었어요. 하지만 인종이란 존재는 문정왕후에게 있어 눈엣가시 같은 존재였지요. 그래서 항간에는 그녀가 인종을 독살했다는 설이 떠도는 것이겠지요. 이게 그저 음해로만 봐야 할까요?

야사에 의하면 인종은 문정왕후로부터 생명의 위협을 받았다고 전한다. 세자 시절 그를 죽이기 위해 세자궁에 불을 지르기도 하고, 효심 깊고 심약한 세자에게 독설을 날려 구박하기도 하고, 심지어는 무속의 힘을 빌려 저주하기도 했다는 것이다. 야사가 아닌 실록에는 세자에게 장차 경원대군과 자신의 친정가문을 죽이지 말라고 협박 아닌 협박을 해서 인종을 곤란하게 만들었다고 한다.

신사임당: 인종이 즉위 8개월 만에 숨을 거두고, 중종의 유일한 적자로 남은 문정왕후 소생인 경원대군이 12세의 나이에 조선 13대 왕 명종으로 즉위했으니 그런 말이 나올 수도 있겠지요. 아니 땐 굴뚝에 연기 나는 법은 없다는 속담처럼, 역사의 기록을 누가 하느냐 역시 중요한 문제예요.

당시의 실록 편찬자들은 문정왕후에게 상당히 좋지 않은 감정을 가진 것으로 보여요. 『명종실록』 31권에 보면 '윤씨는 천성이 강한剛狠하고 문자文字를 알았다', '윤비尹妃는 사직의 죄인이라고 할 만하다'라고 기록했는데, 그 이유로는 암탉이 새벽에 울었기

남성 중심의 사회에서

그들이 원하는 모양의 현모양처를

내세워야 했으니 당연했겠지요.

그런데 그들은 규방에 사는 여인들의 설움을 알지도 못했고,

아니 알려고 하지도 않았을 겁니다.

때문이라는 것이지요.

권력자들은 자신의 의지를 실어 정치권력을 휘두르려 해요. 문정왕후 역시 자신에게 주어진 정당한 제도 속에서 자신이 구상하는 정치를 펼쳤을 뿐이에요. 권력자라는 측면에서 보자면 남녀를 구분 짓는 것이 무의미하지요.

허난설헌: 그 말씀은 문정왕후가 자신에게 주어진 수렴청정 기간 동안, 자신이 원하는 방향의 치세를 펼쳤다는 것이군요. 정희왕후가 자신이 불교를 신봉하면서도 억불정책을 쓴 반면, 문정왕후는 개의치 않고 불교 장려정책을 펼쳤어요. 어찌 보면 유교에 대한, 아니 가부장적인 남성 권력 사회에 대한 도전이었지요. 문정왕후의 평가가 부정적인 것은 '새벽에 암탉이 울면 불길하다'라는 속담처럼 여성이 목소리를 높였다는 게 못마땅한 거였군요.

신사임당: 아무리 특별한 신분인 왕후라 하더라도 남성 관료들을 쥐락펴락하며 마음껏 권력을 휘둘렀으니 좋은 시선을 받기 어려웠을 거예요. 더군다나 조선의 국시이던 억불정책을 보란 듯이 무시했으니, 왕권과 신권의 조화를 추구하는 성리학을 바탕으로 둔 사림이나 남성 지배관료층에게는 불편한 존재일 수밖에 없었겠지요.

조선의 최고 권력자가 자신의 신념에 따라 정책을 내세울 일이 쉬워 보이지만 전혀 그렇지 않았다. '숭유억불'을 내세운 조선이지만 왕을 비롯한 왕비, 왕실 여성들 중에는 불교신자가 많았다. 백성들도 크게 다르지 않았다. 그래서 독실한 불교 신자였던 세종과 세조 그리고 정희왕후도 밖으로는 불교를 배척하는 정책을 쓸 수 밖에 없었다. 그런데 문정왕후는 달랐다.

문정왕후는 승려 보우를 봉은사 주지로 임명하고 본격적으로 불교를 육성하기 시작했다. 성리학자들인 관료들의 반대에도 아랑곳하지 않고 도첩제를 실시해 선교 양종에서 각각 30명의 승려를 뽑았으며, 전국에 300여 절을 공인했다. 전국의 유학자들이 문정왕후의 불교 부흥정책에 반발했지만 그녀는 꿈쩍도 하지 않았다.

신사임당: 남성들은 문정왕후가 벌인 일련의 일들을 새벽에 우는 암탉 정도로 치부하고 싶었겠지만, 그녀는 여성이라는 불리한 입장을 극복하고 남성 중심의 중앙 정치무대에서 자신의 주장을 그대로 관철시켰지요.

그녀는 열두 살의 어린 명종을 대신하여 8년간 수렴청정을 했고, 그 기간이 지난 후에도 아들 명종을 휘두르며 죽을 때까지 실질적인 권력을 행사했어요. 그 과정에서 자신을 핍박했던 대윤파를 일소했고, 인종 때 등용된 사림들을 축출한 을사사화를 일으켰지요. 그때 축출되었던 사림세력이 선조 대에 중앙으로 진출했으니, 그들이 문정왕후에 대한 혹평을 할 수밖에 없었던 거지요. 그리고 소윤의 수장이었던 그녀의 동생 윤원형이 저지른 부정부패를 부각시킴으로써, 문정왕후는 오랫동안 불편하고 불쾌한 존재로 남게 되었어요.

허난설헌: 역사의 평가란 게 반드시 공정할 수 없다는 것은 알아요. 하지만 여성이었다는 이유 하나만으로 앞뒤 가리지 않고 혹평을 하는 것은 아니라고 봅니다. 문정왕후가 중종의 왕비이자 명종의 어머니인 관계로 그 존재를 부정할 수는 없었겠지만, 동시대의 정난정은 희대의 악녀가 되었지요. 그 덕에 사임당의 가치가 더 올라갔지만 말입니다.

윤원형은 소윤파의 수장이다. 그는 문정왕후의 동생이자 명종의 넷째 외삼촌이었다. 바로 그의 애첩이자 둘째 부인이 정난정이다. 그녀는 서녀 출신으로 어릴 때 집을 나와 기생이 되었는데, 후에 윤원형의 눈에 들어 첩이 되었다. 그녀는 수렴청정을 하던 문정왕후의 수족이 되었으며, 윤원형의 부인 김씨를 몰아내고 정실의 자리를 차지했다.

신사임당: 정난정은 문정왕후의 수족처럼 일을 했지만, 훗날 그녀에 대한 평가와 대우는 천양지차예요. 신분이 다르니 어쩔 수 없는 거라고 하겠지요. 문정왕후는 왕비의 그릇으로, 정난정은 양반가의 안방마님의 그릇으로, 여성으로서 자신들의 한계를 넘어보려 하지 않았나 싶어요. 그런 점에서 두 사람은 무척 존경스러

워요. 비록 남성들에게는 악녀의 이미지로 남아 있겠지만요.

허난설헌: 정난정이 자신의 여성성을 극대화시켜 암울한 현실을 극복하려 했다는 점은 공감할 수 있어요. 하지만 결국 그녀도 자신의 욕망을 위해 권력을 가까이 한 것은 잘못된 거 아닌가요? 윤원형의 권세를 등에 업고 상권을 장악하여 전매, 모리 행위로 엄청난 부를 축적했지요. 그래서 권력을 탐하는 이들은 어떻게든 그들 부부와 혼맥을 쌓으려 했고요.

신사임당: 정난정과 문정왕후는 감히 비교할 수 없는 신분의 차이가 있어요. 그것은 자신들이 현실에서 할 수 있는 일의 범위를 말하는 거겠지요. 정난정이 윤원형의 조강지처를 몰아내고 그 자리를 차지한 것은 윤리적으로 보면 문제될 소지가 많지요. 그런데 결과만 볼 게 아니라 그 속내를 들여다보면 왜 그랬는지 당시의 정황을 알 수 있어요.

윤원형의 조강지처는 연안 김씨예요. 그녀는 김안로의 조카였지요. 김안로는 문정왕후의 폐위를 도모한 인물이었어요. 물론 김안로가 유배되어 사사되긴 했지만, 그런 상황에서 부인 김씨를 그 자리에 두고 볼 수는 없었을 거예요. 그렇게 윤원형과 문정왕후의 묵인하에 정난정은 실질적인 안방주인이 된 것이지요.

그런데 윤원형의 행보가 흥미롭기는 했어요. 그가 적자와 서자의 신분차별을 폐지하고 서자도 벼슬길에 나설 수 있도록 상소를 올렸기 때문이에요. 이일은 신분제를 바탕으로 한 조선의 근간을

흔드는 획기적인 정책이었고, 신분제도 때문에 좌절한 사람들에게 호응을 받았지요.

허난설헌: 그런데 윤원형이 정난정을 진심으로 사랑했을까요? 들리는 말에는 윤원형의 권세를 믿고 정난정이 그의 눈에 들려고 노력했다고 하던데요. 하지만 윤원형이 진정으로 그녀를 사랑한 것이라면 여인으로서 정말 부럽습니다.

신사임당: 남녀 사이의 일은 해당 당사자인 두 사람이 가장 잘 알겠지요. 문정왕후가 죽자 정난정은 사림의 탄핵을 받아 본래의 신분인 천민으로 강등되고 윤원형과 함께 유배를 당했어요. 그리고 연안 김씨를 독살했다는 고발에 따라, 사대부들의 공격을 받던 그녀는 스스로 목숨을 끊었지요. 그런데 윤원형도 그녀의 뒤를 따랐으니 사랑이 아니었다고는 할 수 없겠네요.

허난설헌: 같은 시대, 같은 욕망을 가지고 살아도 처해진 위치에 따라 평가나 대우도 다를 수밖에 없군요. 여성의 위치에서 감히 넘볼 수조차 없었던 권력의 욕망에 도전했던 문정왕후와 정난정, 한 사람은 태릉에 안장되고 한 사람은 조선의 질서를 어지럽힌 타락한 여성으로 남았으니 말입니다.

신사임당: 내가 현모양처라는 틀에 갇혀 있듯, 문정왕후와 정난정은 남성 중심사회에서 감히 권력의 욕망을 꿈꾸었던 희대의 악녀들로 남겠지요. 나나 그녀들의 이미지는 조선시대를 살았던 남성들에 의해 만들어졌으니까요.

2장

조선에서 여성 예술가로 산다는 것

초충도에 담긴 사임당의 예술

신사임당은 아주 작은 풀벌레, 한 송이 들꽃, 한 마리 나비 등 자연으로 이름 한 그 속에서 생명의 신비로움을 발견했다. 그녀는 세상에서 비록 미물微物로 취급되는 하찮은 것이라도 사랑을 담아 세세히 관찰하고 그려내 또 다른 생명을 부여했다. 그녀가 그린 '초충도草蟲圖'는 자연을 대하는 작가의 따뜻함과 세심한 관찰력이 없었다면 나올 수 있는 그림이 아니다.

허난설헌: 풀과 벌레가 주인공이 되는 그림, 어쩌면 그렇게 저마다의 특징을 잃지 않고 마치 살아 있는 듯이 그릴 수가 있나요? 얼마나 섬세하면 풀벌레 그림을 마당에 내놓고 여름 볕에 말리려 할 때, 닭이 와서 산 풀벌레인 줄 알고 쪼아 종이가 뚫어질 뻔했다지요?

신사임당: 과찬의 말입니다. '외사조화外師造化 중득심원中得心源'이라는 말이 있어요. 수묵산수화의 창시자로 알려진 송나라 장조의 말입니다. 밖으로는 조화를 배우고 안으로는 마음의 근원에서 얻었다는 의미이지요. 아주 오래 전 필굉이라는 화가가 뭉툭한 붓과 손으로 그림을 그리는 장조에게 그 기술에 대해 묻자 한 답이에요.

그림을 그리는 사람이라면 무릇 객관적인 대상과 사물을 충실히 살피고 또 살펴서, 자세히 나타내는 수련을 통해 자신의 마음과 닿게 하지요. 자연을 그대로 화폭에 옮기고 싶은 욕구, 자연으로부터 삶을 배우려는 마음가짐이라면 이해가 될까요?

허난설헌: 객관적인 대상의 사실적인 탐구를 통해서 주관적인 사상과 감정을 유기적으로 연계한다는 말씀이군요. 청나라 초엽 화가인 왕개 삼형제가 편찬한 화보『개자원화전 芥子園畫傳』에도 사임당께서 말씀하신 외사조화라는 글이 실려 있던데, 대자연에서 배울 것이 참 많은 것 같아요. 군자의 덕목을 갖췄다는 '매화·난초·국화·대나무'의 사군자도四君子圖, 꽃과 새를 중심으로 한 화조화花鳥畫, 깃과 털이 달린 짐승을 그리는 영모화翎毛畫 등도 모두 자연의 생명에서 시작해 표현하는 것인데, 사임당의 대표작인 초충도草蟲圖는 눈에 보이는 가장 작은 자연의 생명체를 그린 거라 더 관심이 갑니다.

신사임당: 자연 속에 살고 있는 모든 생명이 어느 것 하나 소중

하지 않은 것이 없어요. 그 중에서도 특히 미물의 작은 움직임을 관찰하다 보면 부지런함이나 끈기 등 우리 삶을 살아가는 데 필요한 덕목을 배울 수 있답니다. 그림을 보는 이들이 그런 것을 느끼기를 바라는 마음으로 그렸지요.

허난설헌: 사임당께서 바로 그런 마음을 담았기에, 우리나라에서 초충도를 제일 잘 그렸다고 평가되고 있나 봅니다. 그림을 보고 있으면 아주 작은 풀벌레지만 어떻게 그려야 하는지 알 것 같아요. 단지 그대로만 그린 것이 아니라 섬세하고 부드러운 필치가 느껴지거든요.

신사임당의 초충도는 사군자나 산수화에 비해 아주 여성적이다. 그래서 그녀의 초충도로 여러 공예품을 만들 정도로 대중에게 친숙하다. 가지와 방아깨비, 맨드라미와 쇠똥벌레, 산차조기와 사마귀, 수박과 들쥐, 양귀비와 도마뱀, 어숭이와 개구리, 오이와 개구리, 원추리와 개구리 등 그림의 주 소재와 다양한 부수적인 초충들이 개성 넘치게 표현되어 있다.

초충도에 나오는 몇 가지 소재들에는 다양한 의미가 담겨 있다. 나비, 벌, 개미 등은 임금과 신하의 관계를 나타내기도 하고 형제간의 우애를 의미하기도 한다. 가지와 도라지꽃은 아들과 남성을 상징하기도 하며, 알을 많이 낳는 것으로 잘 알려진 개구리와 방아깨비, 번식력이 강한 쇠뜨기 풀, 씨가 많은 수박 등은 다산을 상징한다. 맨드라미꽃은 닭의 벼슬과 닮았다고 하여 장원급제의 의미를, 패랭이꽃은 단단한 바위처럼 장수하라는 의미를 담고 있다.

허난설헌: 사임당께서는 너무나 여성적인 예술가의 면모를 지니셨어요. 따뜻하고 품이 크다는 말씀을 드리는 겁니다.

신사임당: 내가 여성이니 조금도 이상할 것은 없어요. 나 역시 산수화도 그리고 난초며 대나무도 그렸지만 꽃과 채소, 벌레와 나비 등을 더 많이 그렸지요. 자신 가까이에 있고, 가장 친숙한 대상이 눈에 들어오는 법이에요. 내 그림 세계의 바탕에는 언제나 가족이 있어요. 나를 올곧게 인정해주는 가족이 있었기에 세상을 따뜻하고 섬세하게 바라볼 수 있었던 것 같아요.

허난설헌: 가족의 힘은 정말 대단한 것 같아요. 그럼 사임당의 예술세계에 가장 영향력을 준 가족은 누구인가요?

신사임당: 당연히 부모님이죠. 특히 어머니의 영향이 컸어요. 어머니는 태임과 더불어 내 인생의 또 다른 표상이었지요. 나는 어머니를 닮고 싶었던 것 같아요. 어머니는 무남독녀로 외조부모님의 깊은 사랑을 받으면서 학문을 배웠지요. 결혼 후에도 나처럼 친정살이를 해서 여느 여인들과는 달리 안정감이 있었어요. 얽매임이나 규제 따위에서 자유로운 만큼 자식들에게도 그런 세계관을 가지게 했던 것 같아요. 그래서 세상을 바라보는데 거침이 없었고, 틀에 갇히지 않으니 나만의 예술세계도 가질 수 있었죠.

자연 속에 살고 있는 모든 생명이

어느 것 하나 소중하지 않은 것이 없어요.

그 중에서도 특히 미물의 작은 움직임을 관찰하다 보면

부지런함이나 끈기 등

우리 삶을 살아가는 데 필요한 덕목을 배울 수 있답니다.

그림을 보는 이들이

그런 것을 느끼기를 바라는 마음으로 그렸지요.

그림을 그릴 때, 내 안에는 언제나 어머니와 외할머니가 함께했어요. 학문은 외할아버지와 아버지께 배웠고 시와 그림, 글씨 등은 외할머니와 어머니께 배웠어요. 내가 어릴 때 어머니가 자수 놓는 것을 따라하는 것을 보던 외할아버지는 내게서 그림의 재능을 발견하게 되었어요. 그래서 일곱 살 때부터 그림을 배우게 했는데, 달리 스승이 있었던 것은 아니었어요. 할아버지께서 세종 때의 유명화가였던 안견의 산수화를 사 주어서 그것을 보며 그림 연습을 했지요.

"어머니께서는 글씨도 잘 쓰시고 그림도 잘 그렸다. 일곱 살 때부터 안견의 그림을 본받아 산수도를 그렸는데 아주 뛰어났다. 특히 포도 그림은 세상에서 누구도 흉내 낼 수 있는 이가 없었다. 어머니께서 그린 병풍이나 족자가 세상에 많이 전하고 있다."

율곡 이이가 어머니 신사임당의 행적을 기록한 『선비행장先妣行狀』의 끝부분에 나오는 글이다. 아들이 밝히는 사임당의 예술적 재능은 세종 때 가장 뛰어난 화가였고 우리나라 회화사상 영향력이 가장 컸던 안견의 뒤를 이으면서 그 빛이 드러나기 시작했다고 한다.

안견은 당대의 가장 뛰어난 화가로 인정받았을 뿐만 아니라, 사후에도 그를 따르는 화가들이 많아서 조선 후기까지 그 영향을 미쳤다. 안견의 뒤를 잇는 화가들의 특징은, 산은 크고 웅장하게 표현하는 반면, 인물이나 동물은 작게 그렸다. 사임당의 초충도에서도 알 수 있듯이 경치와 사물을 조합해 구성하는 방식이며 자연의 묘사에 많은 관심을 가졌다.

사임당은 초충도뿐만 아니라 산수화에도 뛰어난 재능이 있었다. 동시대의 유명시인이자 문신이었던 소세양蘇世讓은 신사임당의 산수화에 '동양신씨의 그림족자'라는 제목의 시를 지었으며, 율곡의 스승인 어숙권은『패관잡기』에서 신사임당이 안견 다음가는 화가라고 높이 평가했다.

허난설헌: 역시 가족의 지지가 훌륭한 작품을 남기게 했군요. 그런데 조선 사회에서는 여성이 재능을 가지는 것을 좋은 쪽으로 받아들이지 않았잖아요. 그럼에도 불구하고 사임당께서는 가족들의 뒷받침이 있었기 때문에 행복했을 것 같아요. 그런데 남편도 재능 있는 아내에게 지지를 보내는 입장이었나요?

신사임당: 내 예술 세계를 구축한 것으로만 말한다면, 동시대의 다른 여성들에 비해 행운이 따랐다고 할 수 있겠네요. 외가와 아버지의 지지, 그리고 남편의 신뢰까지 얻었으니 부러울 것이 없었지요. 특히 남편은 조선의 전형적인 유교사회에서는 보기 드물게 넓은 도량을 가진 사람이었어요. 남편은 내 그림을 가까운 벗들에게 자랑을 할 정도로 자질을 인정해주었고, 내 말에도 귀를 기울일 줄 아는 이였죠. 물론 아버지께서 그런 인품을 가진 사위를 애

써 선택한 것이었지만요. 그런데 애석하게도 남편은 끝까지 아내를 믿어주고 지켜주지는 못했어요. 하지만 그 정도라도 감사한 일이긴 해요.

허난설헌: 그렇군요. 그런 도량을 가진 남편이었다면 저도 처지가 달라졌을까요? 조선에서 여성이 예술을 하는 데 있어서 결코 무시할 수 없는 도움이 남편의 지지라고 할 수 있으니 말이에요. 재능을 가진 수많은 여인이 꽃을 피우지 못한 것은, 아마도 아내의 재능을 인정하지 못하는 남편들 탓일 수도 있지 않을까요? 참, 사임당께서 가진 뛰어난 그림 재능을 발휘해, 한 여인을 곤란에서 구한 일화가 있지요?

잔칫집에 참석한 어느 부인이 곤경에 처했을 때 사임당이 슬기롭게 대처한 적이 있다.

가난한 집안의 한 부인이 잔칫집에 초대를 받게 되자 이웃사람의 새치마를 빌려서 입고 갔다. 그런데 국을 나르던 하녀가 그 부인의 치맛자락에 발이 걸려 넘어지면서 치마에 국을 쏟고 말았다. 빌려 입고 온 새치마가 국으로 얼룩져 버리자, 부인은 걱정이 이만저만 아니었다. 어찌할 바를 모르며 당황하고 있는 부인에게 사임당이 말했다.

"부인, 그 치마를 잠시 제게 주시겠는지요. 제가 어떻게든 수습해보겠습니다."

부인은 난처했지만 수습이 필요한 상황인지라 치마를 벗어 사임당에게 건넸다. 사임당은 바로 붓을 들어 국물로 얼룩져 있는 치마 위에 그림을 그리기 시작했다. 이미 사임당의 그림 실력은 세간에 정평이 나 있었다. 시간이 지날수록 치마는 한편의 수묵화로 완성돼 갔다. 이윽고 마치 실물이 살아있는 듯한 생생한 그림이 완성되었다.

그림을 다 그린 사임당은 부인에게 치마를 건넸다. 그리고 그 치마를 시장에 내다 팔면 빌린 치마와 같은 것을 사서 돌려줄 수 있을 만큼 값을 받을 거라고 했다. 아니나 다를까 치마는 생각보다 훨씬 비싼 값에 팔렸다.

신사임당: 자신이 가진 재주를 필요한 곳에 쓸 줄 알아야 진정한 재능이라 말할 수 있겠지요. 이런 게 일종의 재능기부가 아닐까요? 내가 가진 재능으로 곤란한 이들을 돕는 것이 덕이라 생각해요. 나는 그나마 조선 사회에서 혜택 받은 사람이었어요. 여자는 아무리 재능이 뛰어나도 결혼과 함께 모두 묻어야만 했는데, 나는 친정살이를 하면서 집안일에 매달리기보다 예술적 재능을 맘껏 펼칠 수 있었으니 말이지요.

허난설헌: 유교적 규범이라는 사회적 제재로부터 자유로울 수 있었던 것은 예술가의 입장에서는 엄청난 행운이라 할 수 있지요. 그런 바탕이 있었기에 많은 이가 사임당의 예술성에 찬사를 보낸

것으로 알고 있어요. 한때 이이李珥를 가르치기도 했던 어숙권은 사임당을 안견 다음의 산수화가로 평가했지요. 숙종 임금도 초충도 병풍을 모사하여 궁중에 보관하도록 했고요. 특히 송시열은 사임당의 그림을 찬탄하면서 천지의 기운이 응축된 힘으로 율곡 이이를 낳았을 거라고까지 했어요.

우암 송시열은 자신의 정신적인 스승인 율곡을 드높임으로써 자신의 입지를 다지고자 했다. 그래서 굳이 사임당을 중국의 후부인과 같은 반열에 올려 높임으로써 묘한 정통성을 가지려고 했다. 조선 후기의 학자였던 윤종섭尹鍾燮도 이이와 같은 대성인이 태어난 것은 태임을 본받은 사임당의 태교에 있음을 시로 읊어 예찬하였다.

신사임당: 나를 있는 그 자체로 보아주기가 그렇게 힘든 걸까요? 나는 부덕과 모성의 상징이 되는 것도 나쁘지 않다고 보지만, 화가 신사임당으로 평가해주는 편이 더 좋다고 봐요. 내가 어느 집안의 며느리이고, 누구의 아내이며, 누구의 어머니이기 이전에, 신인선으로 빛나기를 바라셨던 아버지와 외조부가 있었기에 지금의 내가 있다고 봅니다. 나는 우암의 평보다는 "어찌 부녀자의 그림이라 하여 경홀히 여길 것이며, 또 어찌 부녀자에게 합당한 일이 아니라고 나무랄 수 있을 것이랴"라고 했던 어숙권의 평이 더

마음에 와 닿는군요.

허난설헌: 그래서 누군가는 친정살이 20년을 한 사임당을 현모양처라 할 수 있겠느냐며 반문하기도 해요. 마치 효의 대상이 친정부모만 있는 것처럼, 친정에 대한 그리움의 표현도 못마땅하게 보일 수도 있었을 겁니다. 물론 그런 지적조차 율곡의 어머니란 사실에 덮이고 말았지만요. 저는 여성에게 강요된 효보다는 순수한 인간 본연의 정과 사랑을 표현하는 것이 진정한 예술성이라고 생각해요.

신사임당: 그렇지요. 나의 효가 시댁이냐 친정이냐를 넘어선 자식으로서 보일 수 있는 순전함으로 보이기를 바라듯이, 현모양처이기 이전에 나를 가장 드러낼 수 있는 화가로서 인정해주기를 바라는 거예요. 화가라는 내 일생보다 아내로서, 어머니로서의 삶이 더 부각되는 것은 진정한 내 바람이 아니에요.

신사임당이 말하다

나는 눈물이 많은 감성 돋는 여인입니다.

율곡 같은 대유학자를 키워낸 강한 어머니가 아니라, 떨어지는 낙엽에도 눈물짓고 구르는 돌을 보며 깔깔거리는 소녀 이미지로 보이기를 원합니다.

거문고 타는 소리를 듣고 그 음색에 지쳐 먼 산을 보며 눈물지어 본 적 있나요?

친정어머니를 그리며 가슴으로 '엄마'를 외치며 통곡한 적이 있나요?

사랑하는 이가 다른 여인이 아닌 나만을 봐주기를 바라며 가슴을 앓아본 적 있나요?

나는 그런 감성 돋는 여성이기를 바랐고, 그 감성에 젖어 붓을 휘두르는 화가이기를 바랐습니다.

신선을 꿈꾸었던 시인 난설헌

허난설헌은 1570년 8세 때 '광한전백옥루상량문廣寒殿白玉樓上樑文'으로 주위의 기대를 모았다. 조선 후기의 문인 서포 김만중은 그녀를 두고 가문과 스승의 격려 속에서 조선시대 규중의 유일한 여류 시인으로 성장했다고 언급했다. 명나라 문인 조문기는 이 글을 읽고 '마치 신선이 되어 백옥루에 올라 있는 느낌'이라고 감탄하기도 했다.

어영차 동쪽으로 대들보 올리세〔抛梁東〕
새벽에 봉황 타고 요궁에 들어갔더니〔曉騎仙鳳入珠宮〕
날이 밝으면서 해가 부상 밑에서 솟아올라〔平明日出扶桑底〕
붉은 노을 일만 올이 바다를 붉게 비추네〔萬縷丹霞射海紅〕

어영차 남쪽으로 대들보 올리세〔抛梁南〕

옥룡이 하염없이 구슬못 물을 마시니〔玉龍無事飮珠潭〕

은평상 꽃그늘에서 낮잠을 자다 일어나〔銀床睡起花陰午〕

웃으며 요희를 불러 푸른 적삼 벗기네〔咲喚瑤姬脫碧衫〕

어영차 서쪽으로 대들보 올리세〔抛梁西〕

푸른 꽃에 이슬이 떨어지고 오색 난새 우짖는데〔碧花零露彩鸞啼〕

비단 천 아름다운 옷 입고 서왕모 맞으니〔春羅玉字邀王母〕

날 저문 뒤에 학 타고 돌아가길 재촉한다〔鶴馭催歸日已低〕

어영차 북쪽으로 대들보 올리세〔抛梁北〕

북해 아득하고 아득해 북극성이 잠기고〔溟海茫洋浸斗極〕

봉새 날개 하늘 치니 그 바람 힘으로 물이 높이 치솟아〔鵬翼擊天風力掀〕

구만리 하늘에 구름 드리워 비 기운이 어둑하네〔九霄雲垂雨氣黑〕

신사임당: 이것이 그대가 8세 때 지었다는 '광한전백옥루상량문'이란 말인가요? 신선 이야기에 나오는 달의 광한전에 백옥루를 새로 짓는다고 상상하며 쓴 상량문건물을 창건하거나 중수할 때 상량을 축복하는 글이라니 그저 놀라울 뿐이군요.

허난설헌: 과찬입니다. 어린 시절이었지만 사람이 사는 현실보

다는 가상의 신선세계를 꿈꾸었나 봅니다. 마치 불행한 삶이 앞으로 펼쳐질 것을 예상이라도 한 것처럼 말이지요.

신사임당: 어쩌면 주변의 기대가 그대를 더 힘들게 했을지도 모르겠군요. 이 상량문으로 신동이라는 칭송을 들었으니까요.

허난설헌: 이 글이 제 삶의 복선이었는지도 모르겠습니다. 신선세계에 대한 갈망은 결혼 후에 유일한 도피처가 되었지요. 차라리 배움이 없었다면, 아니 시에 대한 어떤 갈망도 재능도 없었다면, 자신을 그처럼 괴롭히지 않았을지도 몰라요. 저에게는 사임당처럼 저를 이해해주는 남편의 배려가 전혀 없었으니까요.

신사임당: 그대의 존재가 특출했던 것은, 그대가 사대부가의 여인이었다는 사실에서 출발하지 않을까요? 다소 왜곡된 형태이긴 하지만, 제한적으로나마 사회활동이 자유로워 문재를 뽐내는 것이 가능했던 황진이 같은 기생도 아니고, 화가로서 탁월한 재능이 있었지만 율곡 같은 훌륭한 자식을 길러낸 것에 더 초점이 맞춰져 있는 나처럼 부덕을 상징하는 여인도 아니기 때문일 겁니다. 그대는 오로지 자신의 시로서 그 이름을 남겼고, 훗날 그대의 시는 중국과 일본으로 건너가 많은 지식인에게 격찬을 받으며 오랫동안 애송되었어요. 서포 김만중의 말처럼 조선을 대표하는 여성시인이 된 것이지요.

허난설헌: 저를 여성시인으로 만든 것은 조선이라는 사회라고 봅니다. 여필종부女必從夫나 삼종지도三從之道 따위의 사회적 장치

만 존재했을 뿐, 여성이라는 그 존재만으로도 차별적 대상이었으니까요. 제가 처음부터 그것을 숙명으로 받아들였다면, 저라는 존재는 조선의 여느 여인들처럼 묻혀 살았겠지요. 물론 저는 태생이 조금 남다르긴 했어요.

허난설헌은 아들딸을 크게 차별하지 않던 집안인 초당 허엽의 딸로 태어났다. 어머니는 둘째 부인이었지만 허엽의 전처가 사망한 후에 혼인을 했기에 그녀 삼남매는 적자에 속했다. 이복오빠와 언니들이 있었지만, 어머니가 달라서 그런지 사뭇 분위기는 달랐다. 동복 남매인 허봉, 허균, 허난설헌은 감성적인 면이 뛰어나 누구 하나 당대에서 이름을 날리지 않는 이가 없었다. 남매들의 우애도 꽤 좋았다. 집안 분위기도 개방적이었고 아들딸 차별 없이 글을 가르쳤다. 딸에게 이름을 지어준 것만 보더라도 집안 분위기를 짐작할 수 있다.

그녀의 이름 초희는 미녀와 재원을 뜻하며, 자 경번은 중국 고래의 선녀 번부인을 사모하여 지은 것이라고 한다. 난설헌은 예부터 중국에서 고결하고 높은 경지의 사대부들이 그 호를 난설헌이라고 많이 지었다고 한다.

신사임당: 조선 사회에서는 평범하지 않은 집안의 여자로 태어나는 것이 특권으로 작용하기도 하지만, 자칫 남다르다는 점에서

불행이라는 화약을 안고 사는 거라 할 수 있어요. 특히 그대는 결혼 전과 결혼 후의 삶이 극명하게 차이가 났으니 언제든 무엇이든 터질 수밖에 없었던 게 아닐까요?

허난설헌의 시에는 유독 선계仙界를 지향하는 내용이 많다. 이는 현실에 대한 불만과 심적 갈등으로 현실을 초탈하려는 의식을 표출한 것으로 보인다. 그녀는 남존여비와 유교적 이념으로 완전하게 무장된 봉건제도에 대해 의식적으로 반기를 들었음에도 불구하고, 현실적·제도적으로 억압을 받을 수밖에 없었다. 그리고 이런 억압으로부터 탈출하고자 하는 무한한 욕망으로 그녀는 결국 선계를 지향하게 된 것이라고 볼 수 있다. 조선 봉건사회의 모순과 가정의 참화로 그녀가 지은 약 213수의 시 가운데 128수는 속세를 떠나고 싶어 하는 신선 시다. 선계에 대한 동경을 노래한 작품이 많은 것은 모두 그런 연유 때문이다.

허난설헌: 사임당의 외가와 친정도 일반적인 조선 사회에 비춰 보면 평범하다고 볼 수 없듯이 제 환경도 그랬습니다. 물론 결혼 전까지 말이지요. 저희 집안은 독서광들이 워낙 많아서인지 집안 자체가 문학의 전당이었어요. 화담 서경덕 선생의 제자였던 아버지는 자식들을 편견 없이 대해 주셨어요. 아버지는 틀에 갇힌 사고방식을 갖고 있지 않은 분이셨어요. 그래서 서얼 출신이자 오빠

하곡 허봉의 친구였던 손곡 이달을 제 시 스승으로 모실 수 있었어요. 허봉 오빠는 제 정신적 지주나 다름없었어요. 제가 지은 시문을 일일이 고쳐주기도 하고, 당시의 명시문집을 구해다 몰래 제 방에 넣어주기도 했지요.

신사임당: 그럼 이달에게서 당시풍의 한시를 익히는데 큰 영향을 받았겠군요. 또 이달에게 함께 배운 동생 허균은 그대의 시 동무였고요. 그런 분위기 속에 살다가 어느 날 갑자기 결혼으로 다른 환경을 만나게 된 것이네요. 시집은 당연히 사대부가였을 것이고요.

허난설헌: 네, 시댁은 명문 사대부 집안으로 유교적 논리가 엄격한 곳이었어요. 제가 바느질이나 살림보다는 독서와 글쓰기를 좋아했으니, 시어머니 입장에서는 곱게 봐줄 수 없었을 거예요. 저는 평범한 가정주부의 역할을 감당하지 못하고 먹과 붓으로만 살았어요.

공교롭게도 제가 결혼한 후 저와 친정 쪽에 연이어 불행이 끊이지 않았지요. 저는 슬하의 어린 남매를 잃고 뱃속의 아이마저 유산했어요. 그리고 친정아버지가 돌아가시고, 오빠 하곡은 유배된 후에 죽고, 동생마저 귀양을 떠났으니 사는 게 사는 것이 아니었어요.

지난해 사랑하는 딸을 잃었고〔去年喪愛女〕

아무래도 저는 신선이 되고 싶었던 모양입니다.

그래서 인간계와 선계를 끊임없이 오가며

현실에서 이룰 수 없었던

사랑·소망·갈등·애증을 노래했어요.

가슴에 꾹꾹 쌓아둔 한의 감정들이 저를 정화시킨 것이지요.

올해에는 사랑하는 아들을 잃었네〔今年喪愛子〕
슬프고 슬픈 광릉 땅이여〔哀哀廣陵土〕
한 쌍의 무덤이 나란히 마주보고 있구나〔雙墳相對起〕
백양나무숲 쓸쓸한 바람소리〔蕭蕭白楊風〕
도깨비불은 소나무와 오동나무를 밝히네〔鬼火明松楸〕
지전으로 너의 혼을 부르고〔紙錢招汝魂〕
너희 무덤에 맹물을 따르네〔玄酒奠汝丘〕
아 아 너희들 남매의 혼은〔應知弟兄魂〕
밤마다 정겹게 어울려 노니는 것을〔夜夜相追遊〕
비록 뱃속의 아기가 있다 한들〔縱有腹中孩〕
어찌 능히 무사히 기를 수 있으랴〔安可冀長成〕
황대 노래를 부질없이 부르며〔浪吟黃臺詞〕
피눈물로 울다가 목이 메도다〔血泣悲呑聲〕

허난설헌이 아들 김희윤을 잃은 슬픔을 표현한 '곡자哭子'라는 시다.

신사임당: 아이를 잃고 지은 '곡자'라는 시군요. 자식을 기르는 어미가 아니더라도 그 슬픔을 충분히 느낄 수 있어요. 그대의 시 가운데 가장 비장감이 드는 시라고 생각해요. 아무리 뛰어난 재능을 가지고 있다고 해도 그대 역시 평범한 어머니일 뿐이지요. 자

신의 불행과 집안의 불행으로 그대가 기댈 곳이라곤 글을 쓰는 것 외에는 없었을 거 같아요. 그럴 때 차라리 달달한 연애시를 쓰는 게 더 낫지 않았을까요?

해맑은 가을 호수 옥처럼 새파란데〔秋淨長湖碧玉流〕
연꽃 우거진 곳에 목란배를 매었네〔蓮花深處繫蘭舟〕
물 건너 임을 만나 연밥 따서 주고는〔逢郎隔水投蓮子〕
혹시나 남이 봤을까 반나절이 부끄러웠죠〔或被人知半日羞〕

연밥을 따며 부른 노래라는 의미로 해석할 수 있는 난설헌의 '채련곡采蓮曲'이라는 시다. 사랑에 빠진 사람의 마음을 잘 표현하고 있다.

허난설헌: 저라고 사랑을 표현한 시를 쓰지 않았던 건 아니에요. '채련곡采蓮曲'은 한 남자를 사랑하는 여인으로서의 마음을 담았어요. 저는 이 시가 가장 여성적이기를 바랐는데, 시가 너무 방탕하다고 평가되어 제 시집에는 실리지 못했지요.

신사임당: 안타까운 일이네요. 여성으로서 뿐만이 아니라 한 인간으로서의 사랑에 대한 표현이 적극적이고 솔직해서 좋은데 말입니다. 그대의 뜨거운 예술혼이 세속의 관습에 연연하지 않고 성장했어야 되는데, 결혼과 더불어 호된 시집살이로 단절된 것만 같

아 안타깝네요.

허난설헌: 그 당시 저는 숨 쉴 곳이 필요했어요. 저를 둘러싼 모든 불행에서 오롯하게 숨 쉴 수 공간이 필요했던 것이지요. 제 안에 숨겨둔 이상향은 바로 그 공간이었어요. 아무래도 저는 신선이 되고 싶었던 모양입니다. 그래서 인간계와 선계를 끊임없이 오가며 현실에서 이룰 수 없었던 사랑·소망·갈등·애증을 노래했어요. 가슴에 꾹꾹 쌓아둔 한의 감정들이 저를 정화시킨 것이지요.

붉은 집 은구름다리 하늘에 걸렸는데〔彤閣銀橋駕太虛〕
밝은 달빛이 아홉 신선의 터를 비추네〔劒光開射九眞墟〕
금패를 쌍기린 뿔에 걸고 가니〔金牌掛向雙麟角〕
파란 달 차갑게 편지에 스며드네〔碧月寒侵玉札書〕

『난설헌집』에 실려 있는 칠언절구의 시다. 87수의 '유선사遊仙詞'라는 연작시連作詩로, 허난설헌이 현실에서 이루지 못하는 꿈을 선녀가 되어 선계仙界에서 이룬다는 내용이다.

신사임당: 연작시인 '유선사遊仙詞' 중 한 수이군요. 그대의 현실이 얼마나 비참했으면 현실을 잊고 선계에서 살려고 했을까요. 화가가 자신만의 세계를 화폭에 담는 것처럼, 내가 화폭에 때때로 오색찬란한 빛을 표현하듯 그대 역시 다양한 색감을 느끼게 표현

하고 있어요. 그만큼 현실의 불행과 어두움을 화려함으로 극복하려 했다는 것이겠지요. 여성이었기에 그렇게 표현할 수 있었을 겁니다. 그대의 삶과 생명을 지탱하게 해준 게 오로지 꿈꾸는 선계뿐인 것만 같아 마음이 아프군요.

허난설헌: 맞아요. 저는 점점 그렇게 미쳐가고 있었는지 몰라요. 미치지 않고 멀쩡하게 살 수 있는 세상이 아니었으니까요. 어쩌면 이런 저를 두고 세상 사람들이 미쳤다고 생각할지도 모릅니다. 현실에 마음을 두고 살 수 없었으니 저도 어쩔 수 없었어요.

여섯 폭 비단 치마 노을에 끌고〔六葉羅裙色曳煙〕
완랑을 불러 난초 밭으로 오르네〔阮郎相喚上芝田〕
피리소리 잠깐 새 꽃 사이에 그치니〔笙歌暫向花間盡〕
그 사이 인간의 일만 년이 흘렀네〔便是人一萬年〕

이 시는 '유선사'의 마지막 한 수이다. 난설헌은 항상 화관을 쓰고 향로나 향합 따위를 올려놓는 향안香案과 마주앉아 시작詩作에 임했다. 남들이 보았을 때 뭐라 했을지 짐작할 만하지만 그녀는 개의치 않았다고 한다. 그녀는 여성 특유의 감성적 어휘들을 다양한 시적 화자에 실어 은유로 표현했다. 직접적인 표현은 되도록 사용하지 않았다. 현실과 상상 속의 동식물, 온갖 패물, 화려한 색감으로 시에 수를 놓았다. 현실 세계의 삶은 힘들지만, 글을 쓰는 동안에는 신선처럼 살고 싶었던 그녀의 의지가 녹아난다.

신사임당: '유선사'의 마지막 87수로 종결편이군요. 그대가 선계로의 여행을 마친 후의 시라고 볼 수도 있겠네요. 어쩌면 그대는 신선이 되었는지도 모릅니다. 선계를 이토록 아름답게 그릴 수 있는 그대가 신선이 아니라면 누가 과연 신선이겠어요. 그리고 미치지 않고 어찌 멀쩡하게 조선이라는 사회를 버틸 수 있었겠어요. 시에 오롯이 미치지 않고서야 진정 시인이랄 수 없을 겁니다.

푸른 바다는 구슬바다로 넘나들고〔碧海浸瑤海〕
푸른 난새는 아롱진 난새와 어울렸네〔青鸞倚彩鸞〕
부용꽃 스물일곱 송이가 붉게 떨어지니〔芙蓉三九朶〕
달빛은 서리 위에서 차갑기만 해라〔紅墮月霜寒〕

이 시는 난설헌이 자신의 죽음을 예견한 '몽유광상산시서夢遊廣桑山詩序'라는 절명시絕命詩이다. 꿈속에서 만난 신선 세계의 두 선녀로부터 시를 지어달라는 부탁을 받고 지었다고 한다. 죽음을 예지하는 이 시는 을유년1585년 봄에 지었는데, 그녀는 4년 후에 세상을 떠났다.

"금년이 바로 3·9의 수27세를 뜻함에 해당되니, 오늘 연꽃이 서리를 맞아 붉게 되었다."

난설헌의 나이 스물일곱 되던 어느 날, 갑자기 몸을 씻고 옷을 갈아입고 난 그녀가 이렇게 말하고 나서 눈을 감았다고 전해진다. 그리고 집안에 가득 찼던 그녀의 작품들은 모두 태워달라는 그녀의 유언에 따라 불길 속으로 사라지고 말았다.

허난설헌: 세상 사람들은 제가 죽음을 예견했다고 하는데, 삶에 대한 의지가 끝없는 나락으로 떨어져 더 이상 올라갈 기력조차 없을 때를 느꼈을 뿐입니다. 여성의 재능을 인정하지 않는 시어머니의 학대, 무능하고 속 좁은 도량을 가진 남편, 오빠 허봉이 율곡 이이를 비방하다가 변방으로 귀양 가는 등 몰락하는 친정에 대한 안타까움, 떠나보낸 자식들에 대한 슬픔 등의 총체적인 불행을 어찌 다 견딜 수 있었겠어요. 이걸 극복하기 위해 책과 먹으로 시름을 달랬지만 어느 순간 한계가 오더군요. 더 이상 붙잡을 것이 없을 때 놓은 것이지요.

신사임당: 허봉의 일은 참으로 애석합니다. 우리 모자로서도 어쩔 수 없는 일이었지만요. 그대는 다시는 조선에 태어나지 않을 거라고 했다면서요? 그대의 삶이 다시는 조선에서 태어나고 싶지 않을 만큼 참혹하고 불행했다고 하지만, 아이러니하게도 그대의 시는 꽃이 되었어요.

"나는 시학에 관해서는 잘 모른다. 다만 보고 느낀 그대로 비평

한다면, 말을 일으켜 세우고 뜻을 창조함이 허공의 꽃이나 물속에 잠긴 달과 같다. 맑고 영롱해 차마 눈을 뜨고 볼 수 없고, 형옥과 황옥이 서로 부딪치며 울리는 소리인 듯하다. 숭산과 화산이 빼어남을 다투듯 남달리 우뚝 솟고, 가을 연꽃이 물 위에 넘실대고, 봄 구름이 허공에 아롱거리는 듯하다."

한때 허난설헌 남매에게 학문을 가르쳤던 서애 류성룡이 허균의 부탁으로 『난설헌집』의 끝부분에 붙인 글이다. 서애는 난설헌의 시 일부는 한나라와 위나라의 여러 문장가들 것보다 빼어나고, 그 나머지들도 당나라 시대 문장이 융성했을 때 지어진 시만큼 우수하다고 칭찬을 아끼지 않았다.

그녀의 시에 대해 극찬을 한 이가 비단 류성룡뿐만이 아니었다. 조선에 사신으로 온 중국 명나라 시인 주지번朱之蕃도 극찬했다

"그녀는 봉래섬을 떠나 인간세계로 우연히 귀양 온 선녀다. 그녀가 지은 시들은 모두 아름다운 구슬이 되었다. 이제 허씨의 난설재집을 보아하니, 또한 그 티끌 밖에 나부끼고 나부껴서 빼어나면서도 화사하지 않고, 부드러우면서도 뼈대가 뚜렷하다. 저 유선사 등 여러 작품은 오히려 당대의 시인에 귀속할 정도이다."

그리고 이외에도 명나라의 오명제·양유년·우용·서명 등 내로라하는 문인들이 난설헌의 시에 극찬을 아끼지 않았다.

조선의 여성 예술가들

신사임당: 오백년의 역사를 가진 조선이라고 하지만 여성 예술가의 수는 터무니없이 적습니다. 그만큼 여성들에게는 닫힌 사회였다고 하겠지요. 조선이라는 사회가 얼마나 여성들에게 불합리했는지 조선의 여성 예술가들을 통해 알아보도록 하지요.

허난설헌: 저는 문득 조선과 대한민국의 경계를 살았던 여성화가 나혜석羅蕙錫:1896~1949이라는 여성이 떠오릅니다. 서양화가이자 문학가로서 근대 신여성의 효시라 할 수 있는 여성이었어요. 그리고 칼럼을 써서 잡지에 투고하기도 했던 여성이지요.

신사임당: 제법 흥미로운 인물이군요. 조선의 끄트머리인 고종高宗 33 때 태어나 한국전쟁 전에 사망한 비운의 여성이었네요. 어떤 면에서 보면 여성 예술가로 살아간다는 자체가 불행을 안고 사

는 일인지도 모릅니다. 나혜석이라는 여성 역시 삶 자체가 예술이군요. 그녀의 삶과 예술이 남성 중심 사회에 대한 도전이었기에 더욱 불행할 수밖에 없었겠어요. 그녀가 조선에서 마지막으로 여성에 대한 자각을 했기 때문에 그 의미가 큰 거 같아요.

"뱃속에서는 어느덧 무엇이 움직거리기 시작하는 것을 깨달은 나는 몸이 오싹해지고 가슴에서 무엇인지 떨어지는 소리가 완연히 탕 하는 것 같이 들리었다."

"나는 할 일이 많았다. 게다가 내 눈이 겨우 좀 뜨이려고 하는 때였다. 예술이 무엇이며 어떠한 것이 인생인지, 조선 사람은 어떻게 해야 하겠고, 조선 여자는 이리 해야만 하겠다는 것을, 이 모든 일이 결코 타인에게 미룰 것이 아니라 내가 꼭 해야 할 일이었다."

"어머님 나 죽겠소, 여보 그대 나 살려주오, 내 심히 애걸하니 옆에 팔짱끼고 섰던 부군 '참으시오' 하는 말에 '이놈아 듣기 싫다' 내 악 쓰고 통곡하니 이 내 몸 어이타가 이다지 되었던고."

"이러한 견딜 수 없는 고통이 기幾 개월간 계속 되더니 심신의 피곤은 인제 극도에 달하여 정신은 광증이 발하고 몸에는 종기가 끊일 새가 없었다."

1922년에 창간되었던 주간 시사잡지 『동명』에 발표한 나혜석의 '모母된 감상기'의 일부이다. 그녀는 주목받던 예술가로서의 삶이 갑작스러운 임신과 출산, 육아 등으로 복잡해진 심리상태를 드러내며 여성에게만 지워진 임신·출산·육아의 짐을 정면으로 비판했다.

허난설헌: '모母된 감상기'는 나혜석이 엄마가 되는 여자로서의 고통과 감성을 나누고자 하는 감상의 기록이라고 볼 수 있는데 파격적이긴 하군요. 분명히 같은 여성으로서 공감이 가는 면이 있어요. 우리 때도 그랬지만 그 당시에도 여성만이 느끼는 고통을 어차피 겪어야 하는 당연한 것으로 여겼으니까요. 그녀의 글이 발표되기 전까지만 해도 여성에게서 모성은 고귀하면서도 신성한 것으로 받아들여졌지요. 글에서 볼 수 있는 그녀만의 파격적이면서도 발칙한 감성은 당시 사람들을 매우 불편하게 만들었을 거 같네요.

신사임당: 시대가 달라졌으니 망정이지 우리 때만 해도 상상할 수 없는 일입니다. 그녀가 조선유학생들의 잡지인 『학지광』에 발표한 '이상적理想的 부인婦人'에 관한 내용이 제 마음에 와 닿아요. '현모양처를 여성에게만 요구하는 것은 옳지 않다'며 여성도 주체적인 존재이고 사람으로 똑바로 서야 한다고 주장했다는 점에서 말이지요.

허난설헌: 그녀는 자신을 척박한 조선 여성의 현실을 바꿀 수 있는 개척자라 생각했던 모양입니다. 그녀는 김우영과 결혼하면

서 '지금처럼 평생 사랑해 달라, 그림 그리는 것을 방해하지 마라, 시어머니와 따로 살겠다'는 세 가지 조건을 요구했어요. 우리 때 같았으면 상상조차 할 수 없는 일이었지요. 물론 어느 한편으론 사임당의 경우와 비슷하다고도 할 수 있겠지만, 그처럼 드러내놓고 요구할 수 있는 현실이 아니었잖아요?

신사임당: 그렇지요. 어느 조선 여인이 나혜석처럼 요구할 수 있었겠어요. 어디 그뿐인가요? 그녀의 이혼 또한 우리의 예상을 뛰어 넘는 것이었어요. 남편의 외도가 아닌 자신의 불륜으로 이혼을 하게 되지요. 남편과 떠난 유럽여행 중에 만난 최린과의 불륜이 결국 이혼으로 이어지게 되었어요.

허난설헌: 저는 그녀의 이혼도 충격이었지만, 이혼 전인 1930년 월간지 『삼천리』에 인터뷰한 '우애결혼, 시험결혼'이라는 기사 역시 충격적이었어요. '이혼의 비극을 예방하기 위해 시험결혼이 필요하며, 시험결혼 기간 동안에는 산아제한이 필요하다'는 주장을 한 겁니다. 시대를 너무 앞선 탓에 여성으로서 불행한 삶을 산 게 아닌지 안타까워요.

신사임당: 어디 그뿐이겠어요? 『삼천리』에 발표한 '이혼고백서'는 이혼보다 세상을 더 떠들썩하게 했지요. '조선 남성의 심사는 이상하외다. 자기는 정조관념이 없으면서 처에게나 일반 여성에게 정조를 요구하고 또 남의 정조를 빼앗으려고 합니다'라고 기고했거든요. 어떤 여성이 이혼을 하고서 이처럼 당당히 자신의 생각

을 밝힐 수 있겠어요.

허난설헌: 그리고 또 하나 불륜 상대인 최린에게 정조 유린에 대한 손해배상을 청구한 일도 충격적이었어요. 하지만 가부장제의 남성 중심사회에 정면으로 도전한 '이혼고백서'와 '정조 유린 손해배상 청구'를 당시의 조선 사회는 받아들이지 못했어요. 그래서 그녀를 향한 사회적 냉대는 그녀 혼자 감당하기엔 너무 버거운 것이 되고 말았어요.

나혜석은 1935년 10월 24일, 경성 진고개 조선관에서 개인전을 열었지만 철저히 외면당하고 말았다. 미술계는 물론 언론계 모두 그녀에게서 등을 돌렸다. 그것은 조선의 남성들이 이혼녀에게 가한 따돌림이었다. 같은 입장에 서 주어야 할 여성들도 다르지 않았다.

결국 나혜석은 가족과 세상에 버림을 받은 채 행려병자로 떠돌다 숨을 거두었다.

"본적, 주소 미상. 연령 53세. 신장 4척 5촌. 체격 보통. 기타 특징 없음. 헌옷에 소지품 없음. 사인은 병사. 사망 장소 시립 자제원."

1949년 3월 14일 「대한민국 관보」에 실린 한 행려병자의 사망 소식이다. 사망 석 달 만이었는데, 마지막 가는 길에 남긴 거라고는 헌옷 한 벌이 전부였다.

워낙 시대를 앞선 행동과 글 때문에 나혜석의 작품 세계는 가려진 면이 많다. 그녀는 초기1918~1926에는 아카데미즘과 인상파가 절충된 화풍으로 사실주의적 경향의 작품을 보여주었고, 유럽 체류시기에는 거침없는 필치에 자유분방한 기법으로 야수파적인 면모를 보여주었다.

신사임당: 나혜석은 여자도 존중받아야 할 사람이라는 주제로 그림을 그리고 글을 쓰고 온몸으로 살아간 화가였어요. 한 여성이기 이전에 한 인간이길 원했지요. 그리고 여성이 인간으로 산다는 것이 무엇인가라는 그녀의 화두는 지금도 유효하지요.

허난설헌: 지금부터는 결코 현모양처가 될 수 없었던 조선의 여성 예술가들을 살펴보도록 해요. 조선에서 여성이 예술을 한다는 것은 결코 평범한 일이 아니고, 평범한 지위로는 불가능했던 것 같아요. 현모양처를 규범으로 삼고 있는 사대부가에서 여성이 예술을 한다는 것은 더욱 말이 안 되었지요. 그런 점에서 사임당이나 저는 매우 특별한 경우라고 볼 수 있어요.

신사임당: 그렇지요. 결코 여성이 재능이 없어서 그런 것은 아니지요. 따지고 보면 조선에 사는 모든 여성은 예술가나 다름없었어요. 그림을 그리고, 시를 쓰는 것만이 예술 활동이라고 할 수 없으니 말이죠. 베를 짜고, 염색을 하고, 옷을 짓고, 수도 놓고, 갖가지 음식을 만들 줄 아는 여성이라면 누군들 예술가라 칭하지 못

할 법이 있을까요. 다만 시대 상황으로 보았을 때 예술을 직업이라 칭할 수 없었을 때란 것뿐이지요.

허난설헌: 조선의 여성 예술가로 이름을 남길 수 있었던 이들은 독특한 지위가 뒷받침되어야 했어요. 규방이 아닌 공간에서 사는 여성, 즉 기생이라는 직업이 예술 활동을 펼치는 것에 유리했고, 실제로 내로라하는 여성 예술가에는 기생이 많았어요.

기생은 신라 24대 진흥왕 때 여자 무당 직능의 유녀화에 따른 화랑의 '원화源花'에서 원류를 찾는다. 고려시대에 들어서면서 기생을 배출하는 학교인 교방敎坊이 생겨났으며, 그것은 조선시대로 계속 이어져 내려갔다. 유교 중심이었던 조선시대에 들어서면서 기생문화는 조선 사회의 하나의 문화로 형성되었다. 조선시대 기생은 관의 노비로, 천민 신분인 최하층계급에 해당된다.

하지만 대부분 양반을 상대했으며 미색과 예능이 뛰어난 경우는 궁궐을 드나들기도 했다. 기생은 다른 천민과 달리 새로운 문화의 중심에 서게 된다. 가장 미천한 신분이었지만 위로는 임금에서부터 아래로는 천민에 이르기까지 조선시대의 모든 계급을 뛰어넘으며 활동을 했던 유일한 존재였다.

특히 조선 중기부터는 사대부의 유교문화에 부응하여 노래와 춤, 악기로 술자리의 여흥을 돋워줄 뿐만 아니라 정치를 논하는 논객, 학문을 논하는 문인, 현대여성들보다 더 자유분방한 연애

그대가 규방에서의 설움을 신선세계로 승화시켰다면

황진이는 연인과의 사랑을 바탕으로 시를 지었어요.

그녀는 시에서만큼은

선비들과 대등한 존재가 되려고 했다는 점에서

같은 여성으로서 존경할 만하다고 봅니다.

관으로 사랑을 표현하며 한 시대를 살아온 예인들로 자리 잡았다. 조선시대의 대표적인 기생으로 시조시인이었던 황진이黃眞伊·이매창李梅窓·홍랑洪娘 등이 그랬다.

신사임당: 기생 출신 예술가 중 최고봉은 아무래도 황진이라고 할 수 있겠죠? 서녀 출신으로 알려진 그녀는 기생의 길을 택했어요. 그리고 사대부 첩이 되고자 했던 여느 기생들과는 달리 자유로운 상태로 조선의 사대부들을 희롱했지요. 기생이라는 천한 신분이었지만 상당히 진취적인 여성이었어요.

청산리 벽계수야 쉬이감을 자랑마라
일도창해하면 다시 오기 어려워라
명월이 만공산할제 쉬어감이 어떠하리

종실宗室 벽계수는 절개와 지조를 내세우며, 절세가인으로 유명한 송도 기생 황진이에게 결코 유혹당하지 않을 수 있을 뿐만 아니라, 오히려 그녀를 내칠 수 있다고 호언장담을 했다. 그 말을 들은 황진이가 벽계수를 조롱한 시조이다.

허난설헌: 황진이는 종친 신분이면서 조선 최고의 군자라고 불린 벽계수를 시조로 희롱한 대담한 여성이에요. 그녀는 박연폭포,

화담 서경덕 선생과 더불어 송도삼절松都三絕이라 불리면서 화담과 초점이 자주 맞춰지곤 했지요. 벽계수에 이어 불가의 생불로 통하던 지족선사를 파계시킨 그녀는, 도학군자로 이름을 날리던 화담이 진정한 군자인지 알아보려 유혹했어요. 하지만 화담은 높은 덕망으로 그녀 스스로 화담의 제자가 되도록 만들었어요. 저는 대담한 그녀의 그 발상에 박수를 쳐주고 싶답니다.

동짓날 기나긴 밤을 한 허리를 버혀 내어
춘풍 니불 아래 서리서리 넣었다가
어론님 오신 날 밤이여든 구뷔구뷔 펴리라

황진이의 뛰어난 시적 감각을 보여주는 대표적인 시조로 『진본 청구영언靑丘永言』에 수록되어 있다. 선전관이자 유명한 소리꾼인 이사종과의 열정적인 사랑을 읊은 것이다.

신사임당: 황진이는 그대 못지않은 조선 최고의 시인이었어요. 그대가 규방에서의 설움을 신선세계로 승화시켰다면 황진이는 연인과의 사랑을 바탕으로 시를 지었어요. 그녀는 시에서만큼은 선비들과 대등한 존재가 되려고 했다는 점에서 같은 여성으로서 존경할 만하다고 봅니다.

허난설헌: 저는 그녀가 자신의 신분이나 처지에 예속되지 않고

자유로운 삶을 살았다는 점이 부럽군요. 어느 누구에게도 구속되지 않았던 자유인이었겠지요? 그만큼 외로웠을 테지만요.

신사임당: 황진이가 구속을 싫어했다면, 한 사람과 영원한 사랑을 꿈꾸었던 부안 출신의 기생 이매창도 있어요. 그대의 동생 허균과도 절친한 사이였지요. 그녀는 촌은村隱 유희경劉希慶:1545~1636을 사랑했는데 두 사람을 이어준 것은 시였다고 해요.

이화우梨花雨 흩날릴 제 울며 잡고 이별한 임
추풍낙엽秋風落葉에 임도 나를 생각는가
천리 밖의 외로운 꿈만이 오락가락 하노라

유희경을 그리며 지은 매창의 시조이다. 그녀는 관기의 신분으로 관아에 매인 몸이었다. 새로 부임해 온 부안군수가 매창에게 관심을 보이면서, 신분이 낮은 둘을 억지로 갈라놓았다. 자존감이 강했던 유희경은 서울로 떠났고, 둘은 어쩔 수 없이 이별했다. 매창은 기생의 몸이기는 했지만 유희경 외에는 어떤 남자에게도 마음을 열지 않았다. 지조와 절개를 상징하는 매화를 호로 삼은 것처럼 그녀는 죽는 날까지 수절했다고 한다.

허난설헌: 그녀도 짧은 인생을 살았어요. 그녀는 유희경과 문학으로 통했듯이 가까운 이들과 문학으로 소통했지요. 제 동생 역시

매창과는 문학 친구였던 것 같아요. 매창에게 보낸 짧은 편지를 보면 연정보다 우정이 느껴집니다.

"계생桂生, 매창은 부안기생인데, 시에 능하고 글도 이해하며 또 노래와 거문고도 잘했다. 그러나 천성이 고고하고 개결하여 음탕한 것을 좋아하지 않았다. 나는 그 재주를 사랑하여 교분이 막역했으며, 비록 담소하고 가까이 지냈지만 난亂의 지경에는 미치지 않았기 때문에 오래가도 변하지 않았다. 지금 그 죽음을 듣고 한차례 눈물을 뿌리고서 율시 2수를 지어 슬퍼한다."

허균은 『성소부부고惺所覆瓿藁』에 매창에 대한 평가와, 매창이 죽었을 때 애도하는 시를 실었다. 이매창은 허균에 의해 예술가로서의 면모가 알려졌다.

신사임당: 조선 사회를 떠들썩하게 했던 연애사건 중 하나가 바로 고죽 최경창1539~1583과 기생 홍랑의 만남입니다. 하루아침에 천애고아가 된 홍랑은 스스로 살아갈 방편을 찾다가 기생이 된 인물이었어요. 그녀는 이달·백광훈과 함께 삼당시인三唐詩人으로 불리는 당대 최고의 문인 중 한 명이었던 최경창과 운명적인 사랑을 하게 되지요.

묏버들 가려 꺾어 보내노라 님의 손에

자시는 창 밖에 심어 두고 보소서
밤비에 새 잎 곳 나거든 날인가도 여기소서

홍랑이 최경창에게 사랑을 담아 보낸 시조이다. 홍랑이 살던 경성鏡城으로 최경창이 북평사北評事로 부임해오면서 두 사람의 인연이 시작되었다. 최경창은 시와 음률에 뛰어난 재능을 가지고 있었다. 그는 선조의 총애를 한 몸에 받고 있었지만 홍랑을 만나 사랑에 빠진 후 입신양명의 날개까지 접었다. 당대 최고의 스캔들의 주인공이 되었던 최경창과 홍랑의 사랑을 옹호해주는 이들이 많았지만, 이들의 사랑은 길게 이어가지 못했다. 1583년 봄 음력 3월 16일, 최경창이 탄핵을 받고 한양으로 돌아가던 중 의문의 죽임을 당했기 때문이다.

허난설헌: 사랑의 힘은 정말 위대합니다. 홍랑은 최경창의 묘에서 3년 동안 시묘살이를 했어요. 그리고 임진왜란 중에도 그의 유품을 끝까지 지켰고요. 그녀는 최경창과의 사랑을 후회하지 않았던 것 같아요. 그 힘은 최경창이 자신의 기득권을 포기하면서까지 그녀를 사랑했기 때문이었을 겁니다.

신사임당: 그런데 지켜주지 못해 애달픈 사랑도 있어요. 우리나라 최초의 여류 명창이었던 진채선의 이야기이지요. 진채선이 등장하기 전에는 여류 명창이 전무했어요. 그녀를 명창으로 키운 이

는 동리 신재효입니다.

허난설헌: 진채선은 세습무당의 손녀딸로, 그녀 역시 무당이 될 운명이었지요. 굿판에서는 소리가 필수인지라 그녀의 어머니는 그녀에게 소리를 배우게 했어요. 소리에 자질이 있었던 진채선은 신재효를 만나면서 비로소 진정한 소리꾼으로 거듭나게 되지요.

"우후 동산의 명월이 명월이가 들어온다 명월이라 허는 기생은 기생 중에는 일행수라 점고를 맞으려고 큰머리 단장을 곱게 허고 아장 아장 이긋거려서 예 등대나오 좌부진퇴左部進退로 물러난다."

전북 고창 출신인 신재효는 조선 후기의 판소리 이론가이자 판소리 여섯 마당 사설의 집성자이다. 진채선과 동리 신재효의 만남이 우리나라 최초의 여류명창을 탄생시켰다. 진채선은 『춘향가』와 『심청가』를 잘 불렀는데, 특히 『춘향가』 중 기생점고妓生點考 하는 대목을 잘 불렀다.

신사임당: 진채선이 등장하기 전까지는 판소리 8명창이 모두 남성들이었지요. 남성 명창들만 주류를 이루고 있던 판소리계에 진채선의 출현은 당대 사회의 화젯거리가 되었답니다. 그리고 고창이라는 한정된 지역이 아닌 중앙 무대로 진출할 일이 생기게 되지요. 조선 말엽, 경복궁을 중건하기 시작한 흥선대원군은 경회루가 낙성되자 전국의 재인들과 소리꾼들을 불러들여 대대적

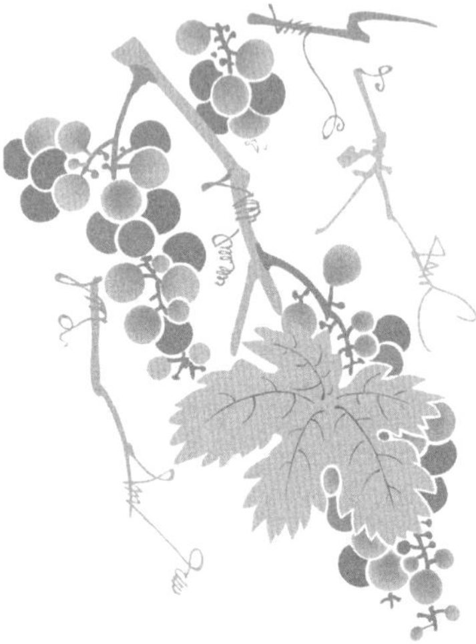

짧지만 화려했던 진채선의 활동은

여성도 남성과 대등한 명창이 될 수 있다는

인식을 가져왔어요.

그녀는 직업적인 소리꾼이자 예술가였던 것이지요.

인 잔치를 벌이려 했지요. 이 소식을 미리 들은 신재효는 이 잔치를 대비해서 '성조가'를 지었고, 진채선을 통해 미리 연습을 하게 했어요.

허난설헌: 사랑하는 제자의 재능을 널리 알리려 했던 신재효는 남장을 시켜 궁으로 보냈지요. 당시는 여성 명창이 없었을 뿐만 아니라, 여성 복장 차림으로 궐에 들어갈 수도 없었기 때문이었어요. 하지만 경복궁 경회루 낙성연에서 청중을 압도시킨 채선은 그만 대원군의 눈에 들어 그의 애첩이 되고 말았지요. 만인의 귀를 즐겁게 해줄 명창이 한 권력자에게 예속이 된 것은 안타까운 일이었어요.

신사임당: 진채선은 최초의 여류 명창으로 시대를 진동시켜 대원군의 총애를 받았지만, 당시 시대적 제도가 부여한 궁궐녀의 운명에 따라 비극적인 말년을 맞이할 수밖에 없었어요. 하지만 짧지만 화려했던 진채선의 활동은 여성도 남성과 대등한 명창이 될 수 있다는 인식을 가져왔어요. 그녀는 직업적인 소리꾼이자 예술가였던 것이지요.

허난설헌: 그런데 조선 후기로 들어서면서 여성들의 새로운 흐름이 펼쳐지게 됩니다.

신사임당: 1847년 김덕희의 소실이었던 금원 김씨錦園金氏가 서울 용산에 있는 김덕희의 별장인 삼호정에 살며, 같은 처지의 벗들과 어울리면서 그들을 규합해 시문을 짓고 시단을 형성한 일을

말하는 건가요?

허난설헌: 그렇습니다. 주로 소실들의 모임이었는데 이들을 삼호정시단三湖亭詩壇이라 해요. 금원 김씨를 중심으로 김운초金雲楚·경산瓊山·박죽서朴竹西·경춘瓊春 등이 동인을 이루어 자주 만나기도 하고, 혹은 편지로 시를 주고받으며 교류를 했어요. 여성들로만 이루어진 시단이라 의미가 매우 깊지요.

그런데 그 전에도 소실들과 모이던 이가 있었어요. 조식曺植의 문하에서 공부하고 선조 때 승지에 오른 조원趙瑗의 첩으로 들어간 이옥봉이 그 주인공입니다. 옥봉은 여장부 같은 시인이었지요. 시구를 짓는 선비라면 모르는 이가 없을 정도로 유명인사이기도 했어요. 그런 그녀가 조원을 사랑한 나머지 자진해서 첩이 된 거죠.

신사임당: 그런데 이 옥봉이란 여성은 아마도 오지랖이 무척 넓었던 모양입니다. 잘 알고 지내던 이웃 여자가 옥봉에게 소도둑으로 잡혀간 남편을 위해 조원에게 글 써 줄 것을 부탁하자, 옥봉이 감히 남편에게 써 달라고는 못하고 그 사정을 불쌍히 여겨 자신이 직접 시를 써서 보냈지요.

세숫대야로 거울삼고
맹물을 기름 삼아 머리를 빗네
첩의 몸이 직녀가 아닐진대

남편이 어찌 견우일까요

형조의 당상관들이 이 시를 보고 크게 놀라며 이 글을 누가 써 준 것이냐고 묻자 그 여인이 사실 그대로 말하였다. 이에 당상관들은 그 남편을 풀어주고 그 시를 소매에 넣고 조원을 방문하여 공의 기이한 재주를 늦게 안 것이 한스럽다고 하며 돌아갔다. 손님이 돌아가자 조원은 옥봉을 불러 그녀의 행실을 크게 꾸짖고 집으로 돌아가라고 했다. 옥봉이 울며 용서를 구했지만 조원의 마음을 돌이킬 수는 없었다.

요즈음 어떻게 지내시는지〔近來安否問如何〕
달 드는 사창에 한이 더욱 서리네〔月到紗窓妾恨多〕
꿈속에 넋이 오간 흔적 남는다면〔若使夢魂行有跡〕
문 앞 돌길이 반은 모래가 되었을 것을〔門前石路半成沙〕

옥봉이 조원을 그리며 쓴 '몽혼夢魂'이란 시다. 옥봉은 중국 명나라까지 시명이 알려진 여류시인이었고, 그녀의 시는 여인의 시 답지 않게 맑고 씩씩하다는 평가를 받았다. 허균은 '시가 매우 밝고 강건하여 여염집 여인네의 화장기 나는 말이 아니다'라고 평가했고, 신흠은 '여인네의 작품 중 승지 조원의 첩 이씨가 제일이다'라고 높이 평가했다. 그리고 홍만종도 옥봉 이씨를 '조선제일의 여류시인'이라 극찬을 했다.

허난설헌: 옥봉은 조원과 영영 이별하게 된 슬픔을 '몽혼夢魂'이라는 시로 담았어요. 조원은 그녀의 시에 관심이 없었지만, 그의 친구 윤국형은 기개가 엿보이는 그녀의 시에 매우 감탄하였다고 해요.

신사임당: 지금까지 이야기한 여성들 외에도 조선 땅을 찾아보면 보석 같은 여성들이 참 많아요. 여성이라서 존재감을 가질 수는 없었지만, 그 안에서 꿈틀거리며 빛나는 이들이 존재했지요. 『의유당관북유람일기意幽堂關北遊覽日記』로 우리 문학사에서 수필문학의 독특한 경지를 개척한 탁월한 여류문인 의유당, 문학적인 자부심이 대단하여 자신은 천상에서 내려온 선녀라고 했던 시인 김부용, 조선시대 유일의 여성 도화서圖畫署 화원畫員인 조선 초기의 여성화가 홍천기도 있었어요. 그리고 이름을 가지지 못한, 아니 이름을 남기지 못한 뛰어난 재능을 가진 여성 예술가들이 조선에 많이 있었다고 자신해봅니다.

허난설헌: 유교적 이념에 물든 조선 사회에 여성이 도전을 한다는 것은, 옥봉처럼 문제적 인물이 되는 것을 각오해야 했을 거예요. 그래야 도전이 멈춰지지 않을 테니까요.

3장

아주 특별한 그들의 가족

가족의 굴레, 가족의 이름으로

일반적으로 조선시대는 부계중심의 가족문화가 주를 이루었다. 딸보다는 아들, 여자보다는 남자들이 우선인 가족문화였다. 그럼에도 여성이라고 해서 무시하지 않는 특별한 가풍을 지닌 가족도 있었다. 신사임당은 외가를 중심으로 한 모계적인 가족관계의 영향을 받았고, 허난설헌은 명문장가 집안의 딸로 문학적 재능을 인정받는 가족관계에 속해 있었다.

허난설헌: 가족이란 존재는 우리가 살아가는 데 어떤 의미로 작용할까요? 힘이 되는 존재일까요? 아니면 굴레를 씌우는 존재일까요?

신사임당: 가족은 혼인이나 혈연으로 맺어진 집단으로 그 구성

원들과의 관계를 말합니다. 그래서 그런 관계들의 얽힘에 따라 존재감도 단순하지 않지요. 특히 여성들에게 가족은 남성들이 받아들이는 것과 사뭇 다릅니다. 주도하기보다는 따르는 입장이지요. 가족 안에서도 권력관계가 형성되는데 여성들은 권력을 주도하는 위치가 아닙니다. 바로 그런 점이 여성들의 삶을 힘들게 했어요.

허난설헌: 그래요. 가족관계에서 존재하는 권력도 국가가 주는 권력과 다르지 않다고 생각해요. 조선 사회에서는 자유보다는 억압으로 나타났어요. 저기 바다 건너 먼 나라 독일의 철학자 엥겔스라는 사람이 가족과 국가가 다르지 않다고 했다는데 공감이 갑니다.

『가족, 사유재산, 국가의 기원』의 저자 프리드리히 엥겔스는 농경과 목축의 분리라는 인류 최초의 사회적 분업으로 생산력 증대, 교환, 사유재산이 나타남으로써 '가부장제'가 출현하게 되었다고 주장한다. 가부장제로 남성의 경제적 역할이 크게 커졌고, 모계제는 가내 경제와 함께 붕괴되고 생산수단, 가축, 노예가 남성의 손으로 넘어간다. 그리고 사유재산에 대한 상속권이 그동안 유지되던 모계에서 부계로 넘어가며 새로운 가족 형태가 생겨난다고 했다.

신사임당: 우리가 가부장제를 대표하는 조선이라는 작은 나라

에서 살았지만 인류의 흐름도 크게 다르지 않았군요. 어쩌면 내가 살았던 때가 가부장제하의 조선에서 여성에게 상속되는 마지막 경우였던 거 같아요. 그런 의미에서 오죽헌은 상징이 되었고요.

허난설헌: 아무래도 경제의 주도권을 누가 갖느냐에 따라 권력의 주체도 정해진다고 봐야겠지요. 사임당께서는 그나마 일정한 경제권을 가지고 있어서 규방의 여인이었지만 목소리를 낼 수 있었어요. 그리고 그것을 인정해주는 가족이 있었기 때문에 '이 구역의 주인은 나'라고 당당할 수 있었던 거죠.

조선시대는 임진왜란을 기점으로 전기와 후기로 나뉜다. 여성의 지위도 전·후기를 비교하면 상당한 차이가 있다. 조선 중기까지는 고려시대의 영향이 남아있어서 여성의 지위가 상당히 높았다. 결혼을 바탕으로 한 가족문화도 여성의 거주지 중심으로 움직였으며, 결혼 후 남자가 여자의 친정으로 들어가 사는 처가거주혼의 모습도 많이 볼 수 있었다. 그렇지만 차츰 변화되어 17세기 이후부터 부계중심의 가족문화가 뿌리를 내리기 시작했다.

신사임당: 나는 강릉 북평촌의 유복한 집안에서 태어났어요. 혼인하기 전까지는 외할아버지와 아버지의 적극적인 후원으로 경서를 읽고 마음껏 그림을 그리며 지냈지요. 우리 집에는 아들이 없고 딸만 다섯이 있었는데 나는 그중 둘째였어요.

일찍부터 그림에 재능을 보이고, 제법 총기가 있다고 여기셨는지 여느 자식보다 더 많은 사랑을 받았지요. 아버지가 내게 거는 기대가 무엇인지 알 수는 없었지만, 다른 규방의 여인들처럼 결혼으로 평범하게 사는 것을 원치 않았던 것 같아요. 제 배우자를 구하는 것만 봐도 알 수 있어요. 우리보다 한미寒微한 집안의 자제를 배우자로 찾았거든요.

"내가 딸을 여럿 두었지만, 네 처만은 내 곁에서 떠나게 할 수가 없다."

사임당의 아버지 신명화가 사위 이원수에게 한 말이다. 아마도 사임당을 자신의 곁에 오래 두고 싶었던 마음이었을 것이다. 사위의 집안이 명문가였다면 딸을 시댁으로 보냈어야 했을 테니 말이다.

허난설헌: 결혼 전을 말하는 것이라면 저 또한 여느 여인 못지않게 많은 혜택을 누린 거라 할 수 있어요. 제 아버지는 학문을 좋아하셨던 분이셨어요. 여러 스승을 찾아다니기도 하고 집으로 모시기도 했어요. 마치 배움에는 끝도 없고 경계도 없다고 여기신 것 같아요. 물론 그 덕분에 저 역시 집안 대대로 내려오는 학문을 이어받았지요.

신사임당: 그대의 집안이야 학문으로 유명하지요. 오죽하면 그

사람들은 내가 현모양처의 표본이라
여성으로서 감정도 없는 것으로 생각합니다.
나 또한 누구보다도 사랑받고 싶은 여자입니다.
그렇지만 그런 표현을 적극적으로 드러내는 것은
규방 여성들의 덕목은 아니었지요.

대 가족들을 두고 허씨 5문장허엽·허성·허봉·허난설헌·허균이라고 불렀을까요. 그리고 화담 선생께서 그대 아버지 허엽의 스승이었으니, 아마도 그대의 시 가운데 선계시가 많은 것 또한 아버지를 통해 내려온 화담의 영향이 아닐까 싶어요. 화담의 도교적 성향 말입니다.

허난설헌: 학문의 즐거움에 빠질 수 있게 해준 가족을 만난 것은 저에게 행운이었어요. 그런데 결혼 후 제 운명이 불행의 나락으로 그처럼 떨어질 거라곤 꿈에도 생각지 못했어요. 사임당처럼 제대로 된 시댁을 택했다면 제 불행의 강도가 조금은 덜 했을까요?

어쩌면 저는 당파의 피해자인지도 몰라요. 잘 아시다시피 제가 살았던 시대에 사림의 당파가 생겨났어요. 그래서 사임당 부친처럼 따님을 위한 사위를 택하지 않고, 제 경우엔 무조건 같은 붕당 집안의 사위를 택한 것이 문제라 하겠지요.

신사임당: 그렇군요. 그런데 그대의 남편 김성립이, 그대에게 갖는 감정이란 게 열등감이 아니었을까요? 그대에 비해 너무 평범한 남자였잖아요. 집안은 5대째 문과에 급제한 문벌이었지만 그의 능력은 변변치 못했잖아요. 그런데 아내란 이는 어릴 때부터 시 신동으로 이름을 날렸고, 주변에는 뛰어난 시인과 문장가가 가득했으니 열등감이 생기지 않는 게 더 이상했을 겁니다. 정도의 차이는 있겠지만 나도 별반 다르지 않았어요.

“문리文理는 모자라도 능히 글을 짓는 자!”

“글을 읽으라고 하면 제대로 혀도 놀리지 못하는데 과문科文은 우수한 자!”

허균이 자신의 매형 김성립을 두고 한 말이다. 그 말 속에는 자기 누님보다 실력이 뒤처지고 그저 그런 실력의 소유자 정도로 치부하고 있음을 알 수 있다.

허난설헌: 사임당의 부군께서는 그래도 아내를 지지해주기라도 했지요. 제 남편은 저와 문장을 논할 실력도 되지 못하면서 자존심만 강했어요. 그래서 제게 정을 붙이지 못하고 방탕한 생활과 기방 출입이 잦았으니 결코 존경할 만한 이는 되지 못한 거지요.

이승에서 김성립과 이별하고
지하에서 두목지를 따르리

난설헌은 과거 공부와 독서를 핑계로 집을 나가 유락에 빠져 있는 남편에 대한 실망과 분노를 시로 표현했다. 이승에서의 불행한 삶을 끝내면, 저승에서나마 당나라 시인 두목지와 함께하겠다는 것을 보면, 그녀가 얼마나 남편에게 실망했는지 알 수가 있다. 그리고 이런 표현을 과감히 쓸 줄 알았던 그녀 역시 조선 사회에서 여성으로 살아가기는 쉽지 않았을 것이다.

신사임당: 남편의 사랑을 기대하는 것처럼 어리석은 일은 없어요. 남편이란 이들은 자신들은 존중받기를 바라면서 정작 아내를 존중하는 경우는 많지 않거든요. 물론 형식적으로, 유교적 규범 안에서는 존중하고 있는 것으로 비칠지는 모르겠지만 실상은 그렇지 않지요. 권력을 포함한 경제권까지 남편이 쥐고 있으니 아내의 처지가 동등할 수 없는 것이지요.

허난설헌: 사임당께서는 부부문제에 대해서는 초연하셨을 것 같은데, 어찌하여 재혼하지 말라는 유언을 남편에게 남기셨는지요?

사임당은 남편 이원수가 수운판관에 임명되어 자녀들과 함께 평안도로 갔을 때 갑자기 세상을 떠났다. 이원수의 나이 51세, 사임당은 48세였다. 사임당은 남편에게 자신이 죽거든 재혼하지 말라고 유언했지만, 남편은 지키지 않았다. 남편에게는 이미 첩이 있었고, 남편은 사임당의 유언을 따르지 않고 그 첩과 재혼했다.

신사임당: 사람들은 내가 현모양처의 표본이라 여성으로서 감정도 없는 것으로 생각합니다. 나 또한 누구보다도 사랑받고 싶은 여자입니다. 그렇지만 그런 표현을 적극적으로 드러내는 것은 규방 여성들의 덕목이 아니었지요. 그럼에도 내 목소리를 낼 수 있었던 것은, 경제적 주도권이 일정 부분 내게 있었기 때문인 거 같아요.

열아홉 살에 덕수 이씨 원수와 결혼한 사임당은 5남 3녀를 낳아 길렀다. 그녀는 서른여덟 살 때 서울 시집에 정착하기까지 근 20년을 강릉에서 친정어머니인 용인 이씨와 살았다. 친정어머니 역시 딸만 있는 집안이었기 때문에 친정살이를 했다. 따라서 친정살이를 당연하다고 여기며 살았던 사임당에게는 남편의 배려 또한 당연하다고 여겼을 것이다.

허난설헌: 태어나서 가장 오랫동안 살았던 곳이 강릉이었군요. 그리고 친정어머니와 가장 가깝게 지내셨고요.

신사임당: 그래요. 누구보다 의지하고 살았던 가족은 어머니였어요. 어머니께서도 결혼 후에 친정살이를 했지요. 그래서 나도 외가에서 생활하며 자랐어요. 그리고 어머니와 같은 처지로 친정살이를 했으니 어머니와의 정이 더 깊을 수밖에 없었어요.

늙으신 어머니를 고향에 두고〔慈親鶴髮在臨瀛〕
홀로 외로이 서울 길로 가는 이 마음〔身向長安獨去情〕
돌아보니 북촌은 아득도 한데〔回首北村時一望〕
흰 구름만 저문 산을 날아 내리네〔白雲飛下暮山靑〕
〈유대관령망친정踰大關嶺望親庭〉

사임당이 서른여덟 살 때 쓴 시로 이이의 『선비행장先妣行狀』에 실려 있다. 태어나서 줄곧 어머니와 함께했던 사임당은 20여 년의 친정살이를 마치고 시집살림을 주관하기 위해 서울로 떠나게 되었다. 늙은 어머니를 친정에 남겨두고 시댁으로 가던 도중, 대관령 중턱에서 고향마을을 내려다보며 지은 시다. 백발의 어머니를 모시지 못하고 어쩔 수 없이 떠나야 하는 안타까운 마음이 드러나 있다.

"어머님은 늘 강릉을 그리워하여 깊은 밤 고요할 때면 눈물을 흘리며 슬피 울고, 때로는 새벽까지 잠을 이루지 못하셨다. 어느 날 친척 어른이신 심공의 몸종이 와서 거문고를 탄 일이 있었는데, 어머님께서는 그 소리를 들으시고 눈물을 흘리며 '거문고 소리가 그리움을 간직한 사람을 더욱 애타게 한다'라고 말씀하셨다. 그 자리에 있던 사람들은 모두 슬퍼하면서도 그 뜻을 몰랐다."

율곡의 『선비행장』에 나오는 글인데 사임당이 얼마나 친정어머니를 그리워했는지 알 수 있다. 그리고 외할머니를 그리는 어머니의 시 한 수를 곁들였다.

> 밤마다 달을 보며 비나니 〔夜夜祈向月〕
> 생전에 다시 뵙게 해주소서 〔願得見生前〕

그리고 서울에서 친정어머니를 그리며 지은 '사친思親'이라는 시도 전한다.

산첩첩 내 고향 천리지만 〔千里家山萬疊峰〕
자나 깨나 꿈속에서도 돌아가고 싶네 〔歸心長在夢魂中〕
한송정 가에는 외로이 뜬 달 〔寒松亭畔雙輪月〕
경포대 앞에는 시원한 바람 한바탕 불리 〔鏡浦臺前一陣風〕
바닷가 모래밭에 갈매기 모였다 흩어지고 〔沙上白鷗恒聚散〕
파도 머리 고깃배 이리저리 오고 가리니 〔波頭漁艇每西東〕
언제나 다시 강릉 길 밟고 가 〔何時重踏臨瀛路〕
비단 색동옷 입고 부모님 곁에서 바느질할꼬 〔綵舞斑衣膝下縫〕

허난설헌: 결혼한 여성들에게 가장 애틋한 사람은 바로 친정어머니일 거예요. 시어머니는 같은 여성이면서 적과 같은 존재이지만, 친정어머니는 자신의 삶과 가장 가까운 이라 벗이 되지요.

신사임당: 맞아요. 친정어머니는 내가 가장 의지하는 존재였어요. 그렇게 떠나와서 다시는 친정어머니 곁으로 돌아갈 수 없다는 것을 알아서 더 그리웠는지도 몰라요. 친정어머니는 내게도 특별한 존재였지만 아들 율곡에게도 특별했지요.

"조정으로 본다면 신은 있으나 마나 한 보잘것없는 존재이오나, 외조모에게 신은 마치 천금의 보물 같은 몸이오며, 신 역시 한번 외조모가 생각나면 눈앞이 아득하여 아무것도 할 수 없습니다."

율곡은 벼슬에 나아가서도 외할머니에 대한 그리움이 간절할 때면 미련 없이 자리를 떠나 강릉을 찾았다. 율곡에게 외할머니가 있는 강릉이 유난히 특별했던 것은 그곳에서 어머니를 느낄 수 있었기 때문이었다.

율곡은 어머니가 태어난 강릉 외가 오죽헌烏竹軒 몽룡실夢龍室에서 태어났다. 오죽헌은 '외가'라는 이미지가 강한 곳으로, 원래 성종 때 형조참판을 지낸 강릉사람 최응현이 지은 건물이다. 그가 사위에게 이 건물을 주었는데 바로 사임당의 외할아버지 이사온이다. 이사온도 자식이라곤 하나밖에 없는 딸에게 오죽헌을 주었고, 그녀는 서울에 사는 신명화와 결혼한 후에도 부모 봉양 때문에 친정을 지키고 있었다.

허난설헌: 율곡은 어머니만큼 외할머니도 사랑했나 봅니다. 율곡의 나이 열여섯에 어머니 사임당이 세상을 떠나자 외할머니를 더욱 의지한 거 같아요. 어머니를 여의고 금강산으로 들어가 불교에 귀의할 정도로 방황하던 율곡이, 1년 만에 돌아와 처음 찾아간 곳도 외할머니가 살던 곳이었어요. 외할머니는 유일하게 어머니를 느끼게 해주는 따뜻한 마음의 안식처였겠지요. 그런 안식처가 있었으니 율곡의 성품이 올곧을 수 있었을 테지요. 또한 그 바탕으로 훌륭하게 자란 것이고요. 그런 점에서 사임당은 좋은 어머니셨어요.

신사임당: 역시 아들 때문에 좋은 어머니가 되었군요. 잘난 자

식 때문에 묻힐 수도 있었던 내 이름을 날리게 되었으니 말입니다. 그 덕에 바라지도 않았던 현모양처도 되었고요. 가족이란 살아서 뿐만 아니라 죽어서도 이어지는 존재이죠. 남겨진 이름으로 행세하게 합니다.

허난설헌: 여성이었지만 그나마 이름이라도 가질 수 있었던 것은 다행스런 일이라고 생각해요. 이렇게 이름을 남길 수 있게 만들어준 가족에게 감사해야겠어요.

조선 최고의 학자, 율곡 이이

율곡 이이栗谷 李珥:1536~1584년는 퇴계 이황과 함께 조선을 대표하는 최고의 유학자였다. 퇴계가 새로운 시대사상인 성리학을 완벽하게 이해했다면, 율곡은 퇴계가 이룩한 학문적 토대 위에서 성리학을 조선에 토착화시켰다. 어머니 신사임당은 언제나 그런 율곡의 뒤에 있었다.

허난설헌: 48년이란 율곡의 일생, 어머니만큼 삶을 살았던 그가 조선에 이룩해 놓은 것은 엄청난 것이었어요. 율곡은 조선을 통틀어 가장 뛰어난 천재였다고 생각해요. 1548년명종 3 진사시에 합격한 이후, 무려 아홉 차례의 과거에 모두 장원하여 '구도장원공九度壯元公'이라 불렸으니 말입니다.

신사임당: 내 입으로 아들을 자랑할 수는 없으니 참 난감하군요. '천재는 타고나는가, 길러지는가?'라는 화두가 있어요. 물론 천재가 타고날 수도 있겠지요. 일찍부터 재능을 보이는 이들이 있으니 말이죠. 우리는 그들을 신동이라 부르지요. 난설헌 그대 역시 시에 있어서는 신동이라 불리지 않았나요?

하지만 아무리 뛰어난 능력을 가지고 있더라도 갈고 닦지 않으면 성과를 낼 수 없는 법이에요. 율곡은 여덟 살 때부터 신동 소리를 들었어요. 열세 살에는 진사進士 초시初試에 합격했고요. 그래서 후세 사람들은 내가 자녀교육에 대단한 비법이라도 가지고 있는 것처럼 말들을 하지요.

허난설헌: 저도 천재는 타고난다는 것에 일리가 있다고 생각하지만, 우리가 살아가는 데 있어서 꼭 필요한 것은 아니라고 봐요. 조선 사회에서도 바라는 인간상 역시 천재가 아니라 완성된 사람, 즉 성인군자를 목표로 했지요. 그것이 유교에서 바라는 이상적인 인간이니 말입니다. 율곡 역시 유교에서 바라는 이상적인 인간이 되려고 하지 않았을까요?

신사임당: 세상에 완벽한 인간이 어디 있겠어요. 다만 완벽하려고 노력할 뿐이지요. 가장 유교적인 인간, 즉 성인이 되기 위해 인仁이 있어야 하고 덕德을 쌓아야 하지요. 그러기 위해서는 때론 좌충우돌하는 삶을 살기도 하고, 시행착오를 겪기도 하지요. 율곡 역시 어떤 면에서는 성인군자 같지만 지극히 불완전한 인간이었

어요. 그 시작이 아마도 내 죽음이 아니었을까 싶어요.

허난설헌: 자식에게 부모의 죽음은 정말 받아들이기 힘든 일이지요. 언제까지나 자신 곁에 머물면서 마냥 내 편으로 있어줄 것 같은 게 부모니까요. 그래서 가장 의지하던 존재의 부재로 힘들어하는 것은 당연하지 않겠어요? 특히 어머니라면 더할 거라고 생각해요.

신사임당: 율곡의 나이 열여섯 되던 해에 내가 죽음을 맞이하게 되었어요. 갑작스런 나의 부재도 충격이었겠지만, 아버지에 대한 실망도 컸으리라고 봐요. 내가 그토록 남편에게 첩을 들이지 마라, 재혼하지 말라고 했던 것은 이상적인 가정을 꿈꾸는 자식들에게 좋은 모습만 보여주려 했기 때문이지요. 그런데 남편은 내 말을 듣지 않았어요. 예견했던 대로 서모아버지의 첩 권씨는 율곡을 비롯한 다른 자녀들에게 많은 아픔을 주고 말았어요. 결국 불우한 가정환경의 변화로 율곡은 3년 상을 치른 후 금강산에 들어가서 불교에 입문하지요.

허난설헌: 그래서 조선을 대표하는 대유학자가 이단으로 취급하는 불교에 심취하게 된 것이군요. 하지만 이를 계기로 유학을 더 깊이 있게 연구할 수 있었던 것은 아닐까요?

율곡은 금강산에 들어가 불교의 선학禪學을 수행하면서 학문의 시야를 넓혔고, 성리학의 심오한 형이상학 체계가 원래 불교의 교리에서 자극받은 것임을 알게 되었다.

율곡은 성리학을 정립하는 데 있어서 퇴계처럼 조선 성리학의 모태가 된 정주학의 정자程子와 주자학의 주자朱子를 모방하지 않았다. 또 퇴계처럼 불교나 노자를 무조건 이단시하지도 않았다. 금강산에 들어가 불교를 공부한 영향이기도 하겠지만 그렇다고 유학의 근본에서 벗어나지는 않았다. 유학을 중심에 놓고 다른 학문의 유사한 부분을 해석하기 좋게 취사선택을 했을 뿐 철저한 유학 중심주의였다. 그가 쓴 『김시습전』만 보더라도 그가 불교에 대해 어떤 입장을 가지고 있었는지 알 수 있다. 모든 것을 다 감싸 안으려는 듯하면서도 정작 자신의 것을 놓지 않는 그의 자세를 여러 면에서 볼 수 있다.

신사임당: 문득 '내 아들은 나를 얼마나 이해했을까?'라는 생각을 해봅니다. 아들이 어머니를 생각하고 어머니의 삶을 이해하는 것 역시 그 시대 남성의 시각에 한정되진 않았는지, 여느 유학자들처럼 입장이 같진 않았는지, 아니면 현모양처라는 틀에서 나를 바라보진 않았는지 궁금합니다.

> 사람이 어버이에게 효도해야 한다는 것을 모르는 이는 없으되, 실제로 효도를 하는 이가 매우 드문 것은 어버이의 은혜를 깊이 알지 못해서다. 『시경詩經』에 이런 말이 있지 않은가.

“아버지는 나를 낳으시고 어머니는 나를 기르셨으니, 이 은덕을 갚고자 해도 하늘과 같이 넓고 끝이 없도다.”

자식이 태어날 적에 성명性命과 혈육은 모두 어버이가 남겨주신 것이다. 숨을 쉬어 호흡할 때에 기氣와 맥脈이 서로 통하니 이 몸은 내 사사로운 것이 아니요, 바로 부모가 남긴 기氣이다. 『시경詩經』에 이런 말이 있지 않은가.

“슬프도다. 부모께서 나를 낳아 기르시느라 수고하셨네.”

부모의 은혜가 어떠한가. 어찌 감히 제 마음대로 하며 부모에게 효孝를 다하지 않을 수 있겠는가. 사람마다 항상 이 마음을 보존할 수만 있으면 스스로 어버이에 대한 섬김이 성실해질 것이다.

『격몽요결擊蒙要訣』 ‘사친事親’ 편

허난설헌: 『격몽요결擊蒙要訣』은 율곡이 쓴 일종의 교육서로 효에 대한 가장 원론적인 주장이 담겨 있어요. 부모라는 그 존재만으로도 자식은 효도를 해야 한다고 말하지요. 세상에 태어나게 해준 그 이유만으로도 부모를 섬겨야 한다는 의무 말입니다. 제가 보기에 아무리 위대한 유학자라도 어머니라고 하면 가장 따뜻한 모습을 먼저 떠올릴 것 같아요.

어머님은 시댁에서 경솔하고 분별없는 언행을 삼가 조신하게 처신하셨다. 어느 날 집안 일가들이 모여 잔치를 하는데 여자들이 모두 모여 이야기를 나눈 일이 있었다. 어머님께서는 함께 앉아 있으면서도 아무 말이 없으니 할머니께서 물으셨다.

"새아기는 왜 말이 없느냐?"

어머님께서는 꿇어앉아 대답하셨다.

"저는 여자이기 때문에 문밖에 나가 보지 않아서 본 것이 아무것도 없습니다. 그래서 할 말이 없습니다."

그러자 그 자리에 있던 사람들이 모두 부끄러워하였다.

『선비행장』 중에서

신사임당: 율곡이 기억하는 어머니라는 존재는 그저 조신한 여자였을까요? 율곡이『선비행장』에 서술한 것으로 보면 딱 현모양처의 기본자세를 갖추고 있거든요. 그대의 말대로라면 율곡이 생각하는 어머니는 마음이 먼저지 훈육의 상대로 떠올리지 말아야 했어요.

말씀은 온화하시고 얼굴빛은 화순했으며, 아버님께서 어쩌다 실수를 하시면 옳은 도리로 말씀드려 고치게 하셨고, 자식에게 잘못이 있으면 엄하게 경계하여 타이르셨다. 또 거느리는 아랫사람들이 잘못을 저지르면 엄하게 꾸짖으시니 종들도 모두 어머님을 공경하고 받들어 모셨다.

『선비행장』 중에서

문득 '내 아들은 나를 얼마나 이해했을까?'라는
생각을 해봅니다.
아들이 어머니를 생각하고 어머니의 삶을 이해하는 것 역시
그 시대 남성의 시각에 한정되진 않았는지,
여느 유학자들처럼 입장이 같진 않았는지,
아니면 현모양처라는 틀에서
나를 바라보진 않았는지 궁금합니다.

허난설헌: 그럼 사임당께서는 자녀들이, 특히 율곡이 어머니를 어떻게 이해해주기를 바란 건가요? 율곡이 쓴 『선비행장』으로 미루어볼 때 사임당은 최고의 어머니로 그려졌다고 봅니다. 어찌 보면 현모양처라는 틀에 맞춰 있는 것 같지만 있는 그대로의 모습도 보입니다. 남편의 실수를 바르게 잡으려 하고, 자식에게 마냥 온화하지만은 않고, 사람을 다스릴 줄 아는 풍모가 여느 규방 여인의 모습은 아닌 듯싶거든요.

신사임당: 좋은 아내, 좋은 어머니여야 한다는 강박을 가지고 있지는 않았어요. 그저 그 시대에 지극히 상식적인 아내이자 어머니, 조금 나아간다면 올바름을 아는 한 인간으로 이해해주기를 바란 거죠. 그런데 내가 본의 아니게 현모양처로 둔갑했듯이 내 아들 또한 자신이 생각하는 것보다 큰 무게를 짊어진 것 같아 안타까울 뿐입니다. 스스로 서인의 영수라 한 적이 없는데도 서인의 정신적 지도자가 되어 있었지요. 누구보다 붕당의 조직을 거부했던 율곡이었어요. 오죽하면 이준경이 죽으면서 임금에게 보낸 유서에 붕당의 출현을 예견하자 가당치도 않은 소리라고 일축했겠어요. 붕당을 막을 수 있다면 막고 싶었을 율곡이었지요.

"세상에는 둘 다 옳고 둘 다 그른 경우가 있습니다. 지금 두 파의 싸움은 나라와 백성을 도무지 생각하지 않으니 둘 다 그른 경우입니다. 마땅히 화해해야 옳은 일이요, 한 편만을 고집하면 두

편의 사이를 더욱 벌리는 결과밖에 안 됩니다."

율곡의 대표 정치논리이기도 한 '양시양비兩是兩非'의 입장이다. 그는 선조에게 백성들의 삶을 걱정하고 인간의 생명을 존중하는 애민의식을 강조하면서 조선 중기사회의 병폐를 시정하기 위한 처방으로 『만언봉사萬言封事』라는 상소를 올렸는데, 거기에 나오는 구절이다.

율곡은 29세에 문과와 명경과에 장원급제한 후 호조좌랑으로 벼슬을 시작해서 40세까지 예조좌랑·이조좌랑·홍문관 교리·청주목사·우부승지·황해도 관찰사·홍문관 부제학 등을 지냈다. 41세 이후에는 은퇴와 관직제수를 거듭했는데 대사헌·호조판서·이조판서·형조판서·병조판서 등을 역임했다.

허난설헌: 율곡은 천재를 떠나 정치가로서도 분명 뛰어난 점이 있었어요. 그리고 그만큼 요직을 두루 거친 이도 드물지요. 율곡은 무엇보다 선조 임금이 인정하는 최고의 신하였어요. 그리고 정치적으로는 당파 싸움의 중재자가 되려고 노력했고요. 당파에 대한 율곡의 입장에서 알 수 있듯이 당쟁은 나라의 위기를 더욱 심화시킬 것이라며 그들을 화해시키려고 노력했어요. 양시양비의 논리로서 어떤 식으로든 동서의 분당을 막고 화합할 수 있는 길을 모색했지요. 그런데 결과는 서인의 영수가 되어 있었지요. 물론 본인의 뜻이 아니었지만 말입니다.

신사임당: 정치를 한다는 것은 때론 확실한 노선을 정할 필요가 있어요. 결코 좋은 게 좋다는 식으로 정치를 하는 것은 현실성이 떨어지는 법이죠. 율곡은 이상적인 정치를 꿈꾸었기 때문에 어느 편에도 서지 않고 무당파의 길을 걸었어요. 그런데 좌우 양쪽을 조율할 수 있는 중립적인 입장이란 것이 장점도 있지만 양쪽에서 모두 비판을 받을 소지가 다분해요.

허난설헌: 그래요. 양비론은 문제를 희석시킬 수 있다는 단점이 있지만 살아남기는 좋아요. 그런데 저희 집안은 노선이 너무 확실했기 때문에 몰락하고 말았어요.

신사임당: 내 성격도 중립을 선호하지는 않아요. 중립의 입장을 가지려면 그만한 힘이 필요하다고 생각해요. 그런데 율곡은 뛰어난 학자로서 임금에게만 인정받았을 뿐 동서 붕당을 잠재울 만한 힘이 없었어요. 그래서 아무리 옳은 소리를 해도 이상일 뿐 전혀 현실적이지 못했지요.

허난설헌: 중용의 정치란 게 말이 좋지, 서로 중재만 한다고 해서 완성되는 것은 아니니까요. 더욱이 동서가 크게 다를 바 없을 때는 보다 새로운 대안을 가진 세력이 필요했어요. 여당과 야당의 개혁성이 별 차이가 없는 보수적 집단이라고 했을 때 그들과 맞설 진보 세력이 견제할 수 있어야 한다는 말이지요. 그런데 당시에 그런 대안 세력도 없었고, 율곡 역시 대안 세력이 될 수 없었던 게 문제였어요.

신사임당: 정치에서 한 발짝 떨어진 우리 눈에 보이는 것들도, 정치에 몸담고 있는 남자들의 눈에는 보이지 않는 것들이 많아요. 그럼에도 율곡은 자신의 처지에서는 최선을 다했다고 봅니다.

허난설헌: 제가 보기에도 율곡은 정치가라기보다는 학자로서의 존재감이 더 커 보여요. 율곡이 현실에서 정치를 한 것보다는, 그의 이론이나 사상에 대한 반향이 더 컸지요. 그래서 학문에 있어서는 기호학파로, 정치에 있어서는 서인의 정신적 지주로 남게 되었어요.

선조에게 좋은 정치, 바른 정치를 요구했던 내용이 들어 있는 율곡의 저서 『성학집요』와 『만언봉사』는 백성들의 삶을 걱정하고 인간의 생명을 존중하는 애민의식이 바탕이 되고 있다. 『성학집요』는 그의 윤리관과 정치관이 중심이 되어 선조로 하여금 '내성외왕內聖外王'의 성군이 되기를 바라는 뜻에서 성인의 학을 공부하는데 필요하고 도움되는 내용이다. 『만언봉사』는 백성을 위한 정치를 위해 당시의 폐단을 지적하며 강력한 개혁을 주장하는 내용이 담겨 있다. 『만언봉사』의 다음 문장을 보면 잘 알 수 있다.

"전하, 음식은 배를 채우는 것이 아니라 식탁을 가득 채워 서로 자랑하는 것이 되었고 의복은 몸을 가리는 것이 아니라 화려함을 서로 뽐내는 것이 되었습니다. 옷 한 벌의 비용은 헐벗은 자 열 사람의 옷값이 될 것이요, 밥 한 상의 비용은 굶주린 자의 두어 달

식량이 될 것입니다. 열 사람이 밭을 갈아 한 사람을 먹이는 데도 부족한데, 일하는 자는 적고 먹는 자는 많으며 베 짜는 자는 적고 입는 자는 많으니 어찌 백성이 굶주리지 않겠으며 헐벗지 않겠습니까."

신사임당: 율곡의 이런 바른 이미지 때문에 나 또한 바른 이미지로 도색되었어요. 그래도 나는 내 아들이 백성을 위한 정치를 하려고 했다는 점을 높이 사고 싶어요. 특히 선조에게 올린 상소문에서 백성을 배부르게 하는 정치를 강조했다는 점이 마음에 들어요.

허난설헌: 정치적으로 확실한 자신의 입장을 정하지는 못했지만 백성을 위한 정치여야 함을 강조하는 데서는 확실히 진정성이 느껴집니다. 그리고 율곡은 강한 의지로 스스로를 경계하는 '자경문'을 쓰기도 했어요.

- 먼저 그 뜻을 크게 가져야 하고 성인의 경지에 도달할 때까지 끊임없이 노력한다.
- 마음을 결정하는 데에는 말을 적게 한다.
- 놓아 버린 마음을 거두어들인다.
- 공손하고 신중하게 처신한다.
- 일에 앞서 생각한다. 실천이 없는 독서는 무용한 학문임을 알아야 한다.

- 재산과 명예에 마음을 두지 않는다.
- 할 만한 일이면 정성을 다한다.
- 죄 없는 사람을 한 사람이라도 희생시켜서는 안 된다.
- 아무리 포악한 사람이라도 감화해야 한다.
- 때가 아닌 잠을 자지 않는다.
- 수양과 공부는 서두르지도 쉬지도 않고 꾸준히 한다.

신사임당: 천재의 오만이 아니라 성인이 되기 위한 노력이라 가상한 것이지요. 최고가 된다는 것은 끊임없는 노력이 뒷받침되어야 가능한 것이니까요.

조선 최고의 자유인, 허균

조선 사회에서 자유분방한 삶과 파격적인 학문을 했던 인물을 꼽는다면 단연 허균許筠:1569~1618을 가장 앞에 내세울 수 있다. 그는 조선시대 문제적 인물이자 최고의 자유인이었다. 또한 우리나라 최초의 한글소설 『홍길동전』을 집필하여 한국문학사에 뚜렷한 발자취를 남긴 작가이다.

허균은 대단한 독서가이자 조선 문단을 새롭게 열었던 문학가, 급진적인 정치사상을 피력한 진보적 사상가 등 그를 지칭할 명칭 또한 한두 가지로 정의할 수가 없다. 천재이기도 했지만 교활한 사기꾼 기질도 그의 성향 중 하나였다. 마지막까지 집착을 보인 권력욕은 순수와 의도를 가늠하기 힘들게 한다. 그리고 허난설헌의 시집을 엮을 때도 잘 알려지지 않은 중국의 시를 슬쩍슬쩍 끼워 넣었다가 망신을 당하기도 했다. 그러나 이런 사기적인 성향이 당대에서 그를 칭하듯 '천지간의 괴물'로만 치부할 수 없는 인물이 바로 허균이다.

신사임당: 그대와 나의 성향이 다르고 이미지가 다르듯이 내 아들 율곡과 그대의 동생 허균 또한 반대의 이미지를 가지고 있군요. 마치 모범생과 문제아를 보는 듯한 기분입니다. 너무 다르니 흥미가 생기네요. 굳이 유사한 점을 찾는다면 그대와 나처럼 고향이 강릉이라는 점일까요?

허난설헌: 그래요. 고향만 뺀다면 너무 확연하게 다른 스타일이었어요. 정치적으로도 아버지는 동인의 영수이고, 형 허성은 남인을 대표하는 인물이었으니까요. 제 동생은 틀에 박힌 생활이 가장 어려울 정도로 자유분방한 성격이었어요.

신사임당: 허균은 확연히 다른 이미지로 그 존재감을 드러냈어요. 그는 조선을 통틀어 가장 문제적인 인물이었고요. 현대에서는 그를 진보적인 인물로 평가하지만, 조선 사회에서는 문제적 이단아로 취급했지요. 그는 다채로운 지적 편력을 거쳐 웬만한 종교와 사상 등에 두루 밝았고, 창작과 비평 양면에서 문학의 깊이를 쌓았지요.

허난설헌: 동생은 자기 그릇을 알고 있었어요. 그래서 용이 되기보다 이무기이기를 원했지요. 그런 의미에서 '교산蛟山'이라는

호를 갖게 되었고요. 스스로 용이 되지 못한 이무기라는 것을 알고 있었듯이 온전한 길로 가지 않았어요. 저와는 닮은 듯하면서도 확연하게 다른 특별함을 가진 아이였어요.

허균이 아홉 살에 시를 지었는데 작품이 아주 뛰어나서 여러 어른들이 칭찬하며 말했다.

"이 아이는 나중에 마땅히 문장 하는 선비가 될 것이다."

그러나 이모 사위였던 우성전이 그 시를 보고 이렇게 말했다.

"훗날 그가 비록 문장에 뛰어난 선비가 되더라도 허씨 문중을 뒤엎을 자도 반드시 이 아이일 것이다."

유몽인의 『어우야담』에 소개된 일화

신사임당: 허균의 비범함을 알아본 이들이 많았군요. 낭중지추囊中之錐라고 하잖아요. 주머니 속의 송곳은 아무리 감추려 해도 드러나듯, 뛰어난 인물 또한 감출 수가 없지요. 그래서인지 너무나 완벽할 것 같았던 그의 집안에 잇따라 불행이 찾아왔군요.

허균의 비범함이 용이 되어 하늘로 오를 수 없었던 것은, 평범하지 않았던 그의 가족과 집안 때문이었다. 허균은 열두 살에 아버지를 여의었다. 열다섯 살 때는 친형 허봉이 율곡을 탄핵하다가 함경도로 유배를 갔고, 누님 난설헌도 시댁과의 관계에서 힘들어

하던 중 자식들마저 하늘로 보냈다. 허균이 스무 살 되던 해에는 그의 정신적 지주였던 형이 세상을 떠났고, 그 다음 해에 누님 난설헌도 세상을 등지고 말았다. 그리고 3년 후에 임진왜란으로 부인과 아들을 잃었으니, 그가 아무리 비범한 인물일지라도 맨 정신으로 버틸 수는 없었을 것이다.

그나마 허균이 버틸 수 있었던 것은 엄청난 독서량으로 다진 타고난 자유분방함 때문이었다. 허균은 평생 많은 책을 사 모았는데, 중국에 사신으로 다녀올 때면 수천 권의 책을 구해 왔다. 그런데 단순히 책만 수집한 것이 아니라 '만 권 서책 중의 좀벌레'가 되고 싶다고 했을 만큼 책을 많이 읽는 독서광이었다. 특별히 유교 경전에만 집착하지 않고 다양한 종류의 책을 두루 섭렵하며, 그만의 세계관을 정립하고 다양한 글을 남겼다. 『한정록』의 경우에는 무려 96종에 달하는 도서를 인용했는데, 허균이 어느 정도로 많은 책을 읽었는지 미루어 짐작할 수 있다.

허난설헌: 동생의 자유분방함은 집안의 분위기도 한몫했어요. 그것은 엄청난 독서량에 있었는데, 독서열은 집안 내력이기도 했지요. 아버지를 비롯하여 형제 모두 내로라하는 독서가들이었어요.

신사임당: 다독多讀이 그렇게 빛을 발하는군요. 율곡이 학자였다면 허균은 문학가, 혹은 문장가였어요. 그런데 허균은 벼슬살이

를 하는 동안 우여곡절이 참 많았군요. 황해도 도사의 직책을 맡고 있을 때는 한양의 기생을 끌어들였고, 서얼들과 교류하였으며, 전시殿試의 시관으로 있을 때는 조카와 사위를 합격시키는 등 사대부로서 혹은 관리로서, 하지 말아야 될 일들을 많이 저질렀고요. 이런 일들은 조선 사회에서 절대 묵과할 수 없는 것인지라 여섯 번의 파직과 세 번의 유배를 겪었어요. 정말 파격적인 기행이라 할 수 있어요.

허난설헌: 그런데 파직과 유배를 당해도 정작 그 자신은 놀라지 않았어요. 그럴 줄 알면서 그런 것들을 실행에 옮겼으니까요. 자신에 대한 처분에 대해 오히려 당당하게 맞서며 자신의 논리를 내세웠지요. 이를테면 자신이 벼슬을 한 이유 중 하나가 친구를 위해서였으니 어떤 식으로든 결과를 예상했을 겁니다.

동생에게는 다양한 친구들이 있었어요. 자신은 사대부가 출신이었지만 서얼, 평민 출신 화가, 기생, 승려 등 다양한 친구들을 사귀었어요. 특히 재주 있는 서얼 친구들의 처지를 볼 때면 세상을 비판하고 그들의 아픔을 자신의 것으로 받아들였죠. 아무래도 우리 스승이었던 손곡 이달 선생이 서얼 출신이어서 그러지 않았나 싶어요.

"나는 큰 고을의 원님이 되었고, 마침 자네가 사는 곳과 가까우니 어머니를 모시고 이곳으로 오게. 내가 마땅히 녹봉 절반으로 대접할 것이니 결코 양식이 떨어지는 지경에는 이르지 않을 것이네. 자네와 나는 처지가 다르지만 취향은 같지. 자네의 재주는 나보다 열 배나 뛰어나지만 세상에서 버림받기는 나보다도 심하니, 이 점이 내가 언제나 애통해하는 일일세. 내 비록 운수가 기박하다 해도 몇 차례 고을의 원님이 되어 먹고 살만 할 수 있지만, 자네는 입에 풀칠도 면하지 못하는 신세구려. 세상의 불우한 사람은 모두 우리들의 책임인 것이네. 밥상을 대할 때마다 몹시 부끄러워 음식을 먹어도 목에 넘어가지 않으니 빨리 빨리 오시게. 자네가 오기만 한다면 혹여 이 일로 비방을 받는다 해도 나는 전혀 개의치 않겠네."

허균의 『성소부부고惺所覆瓿藁』에 실린 짧은 편지이다. 공주 목사가 되어 서얼 출신인 친구 이재영에게 보낸 것이다.

신사임당: 문제의 소지가 많은 글이라 할 수 있군요. 하긴 그런 정형에서 버젓이 벗어나 있는 인물이니 세상의 잣대로만 볼 수 없겠어요. 허균이 마흔 살에 공주목사가 됐을 때 '공주 감영에는 삼영이 있다'는 말이 돌았다고 하더군요. 그가 아끼는 심우영·이재영·윤계영 세 명의 친구를 '삼영'이라 한다지요. 그는 자신의 녹봉 안에서 어려운 친구들을 불러 도움을 주었는데, 그것을 당연한 자신의 일로 받아들였군요.

허난설헌: 하지만 이재영은 동생을 배신했답니다. 그는 동생이

죽은 뒤에도 인조반정까지 이이첨에게 붙어서 편안한 삶을 누렸어요. 그렇더라도 제가 아는 동생이라면 그런 이재영을 비난하지 않았을 겁니다. 친구 대신 시대의 책임을 지고 싶었을 테니까요.

동생에게는 경계境界란 게 없었어요. 세상이 볼 때는 위험했지요. 과감히 경계를 넘나들었으니 말이에요. 유·불·도 그리고 서학에 이르기까지 어느 하나가 그를 강제할 수 없었어요. 어느 한 곳에도 무게를 두지 않았으니 말이죠.

신사임당: 너무나 인간적인 인물이었군요. 그런데 현실과 동떨어진 느낌이 드는 건 뭘까요? 그대가 현실을 잊기 위해 신선세계를 꿈꾸었다면, 허균은 현실에서 이루지 못할 혁명을 꿈꾸었군요. 인간적이고 자유분방하기에 혁명도 치밀하지 못했어요. 혁명은 실패하고 역적의 괴수가 되어 능지처참을 당하는 최후를 맞았지요. 정말 안타까운 일이에요.

1613년 봄, 서인의 영수 박순의 서자 박응서를 중심으로 서양갑·심우영·이경준·박치인·박치의·허홍인 등 7명의 서자들은 거사를 도모하다 발각이 되었다. 이들은 '강변칠우' 또는 '죽림칠현'이라고 칭하면서 서로 교분을 형성하면서 시국을 탓했는데 허균과도 막역한 사이였다. 일명 '칠서의 역모사건'은 대북파의 정치적 목적을 위해 계축옥사로 발전되어 수많은 희생자를 낳았다. 조선사회에 대한 최초의 조직적 저항운동은 미완으로 끝나고 허균에게는 상당한 타격이 되었다.

어떤 의도에서인지 허균은 비굴하게도 자신의 벗들을 형장의 이슬로 몰고 간 대북파의 실세 이이첨에게 들어간다. 아마도 허균으로서는 지켜야 할 것이 있었기에 그런 선택을 했었는지도 모른다. 그가 벼슬한 이유가 친구들의 생계와 조카들을 돌보기 위한 이유이기도 했다. 그의 벗들인 7명의 서얼들은 고신拷訊에도 허균의 이름을 불지 않았지만 그는 그때부터 자유로울 수 없었다. 아마 악몽에 시달렸을지도 모른다. 결국 역모의 괴수로 온몸이 찢긴 채 벗들의 뒤를 따랐다.

허난설헌: 결국 동생이 꿈꾸었던 것은 현실이 아닌 소설에서나 가능한 것이었어요. 『홍길동전』에서 그가 꿈꾸는 이상 국가를 이루어낸 거죠. 서얼차별이 없어진 이상 국가인 율도국에서 자유롭게 살고 싶었을 겁니다. 정신적 지주이기도 했던 이달 스승이 서얼이라는 점 때문에 뛰어난 능력에도 불구하고 차별받았으며, 서양갑·심우영 등 명문가의 능력 있는 젊은이들 역시 서얼이라는 이유만으로 좌절당하는 현실을 보았기 때문이죠. 동생은 권력에 대한 욕망보다는 사상과 신분의 억압에서 자유로운 세상을 꿈꾸었어요. 그래서 저는 동생이 혁명가보다는 자유인으로 평가되기를 원합니다.

신사임당: 그가 자유인이라는 것은 이미 그의 작품이 대변해주

고 있지 않나요? 그의 문학관이 자주적이라 흥미롭군요. 시를 쓰는 것은 진정한 나를 찾는 자기만의 시가 되어야 한다는 그의 말에 공감이 갑니다. 시를 쓰는 목적이 이백과 두보가 되기 위해서가 아니라 자기 이름을 가진 시가 되어야 한다는 말은 귀 기울일 필요가 있을 듯싶어요. 모방은 필요하지만 거기에 매이면 안 된다는 것을 말해주는 것으로 보이네요.

허난설헌: 동생은 항상 새로운 것을 갈구했어요. 그 목마름을 해소하기 위해 많은 책을 읽었고, 새로운 세상, 새로운 문화, 새로운 형식을 추구했지요. 그래서 새로운 형식의 문학 장르를 선보였는데, 그게 바로 '척독尺牘'이었어요. 물론 무에서 유를 창조한 것이 아니라 이미 중국에서 유행했던 장르를 그만의 느낌으로 재창조했던 것이죠. 척독은 일종의 편지글인데, 긴 편지를 '서書'라고 한다면, 엽서 같은 짧은 글은 척독이라고 했지요. 동생은 서와 척독이 서로 다르다는 것을 조선에서는 처음으로 구분하여 한 장르로 정착을 시켰어요.

신사임당: 허균이란 인물은 정말 양파 같은 존재로군요. 그는 척독을 자유자재로 활용했더라고요. 누이와 형님의 문집에 서문을 지어 주십사 하는 정중한 부탁에서부터, 주변 사람들이나 자신을 위한 관직 청탁, 독서 중에 생긴 의문에 대한 문답, 시 이야기, 편찬 중인 시선집 속에 누이나 형님의 시를 많이 뽑아 달라는 부탁, 빌려준 책을 돌려 달라는 이야기, 술을 마시다가 친구를 초청

하는 글에 이르기까지 모두 척독으로 소통했더군요. 무척이나 참신한 시도였어요.

허난설헌: 저는 누구에게 보이려고 시를 쓴 게 아니었어요. 그저 제 자신을 위해 시를 썼을 뿐이어요. 그래야 숨이라도 쉴 수 있었으니까요. 죽음을 예견하고 그동안 쓴 시를 모두 불태워달라고 유언했는데, 동생의 노력으로 제 시가 세상에 나오게 되었어요.

> "나의 작은 형님이 일찍이 말씀하셨다. 경번의 글재주는 배워서 얻을 수 있는 힘이 아니다. 대체로 이태백과 이하가 남겨둔 글이라고 할만하다. 오호라! 살아 있을 때에는 부부의 사이가 좋지 않더니, 죽어서도 제사를 받들어 모실 아들 하나도 없이 되었구나. 아름다운 구슬이 깨어지는 그 슬픔이 어찌 다함이 있으리오."
>
> 『학산초담』 중에서

신사임당: 참으로 다행한 일이지요. 그대의 오빠 허봉에게서 '두보의 소리를 네게서 들을 수 있으리라'라는 극찬을 받았던 시였기에, 허균은 그대로 묻히게 할 수 없었겠지요. 내가 동생이라도 그랬을 거예요.

결국 그대를 알아주는 가족이 있었기에 그대가 남긴 시들은 『난설헌집』이란 시집으로 중국과 일본에서 간행되었어요. 그대는 사후에 비로소 한·중·일 삼국에서 인정받는 작가로 거듭나게 된 것이지요. 그 뒤에는 바로 동생 허균이 있었던 거예요.

4장

그들이 보는 세상

여자 선비를 꿈꾸었던 그들

선비! 조선시대 지식인으로 통칭되는 선비는 학식과 인품을 갖춘 사람을 말한다. 특히 유교이념을 구현하는 인격체 또는 신분계층을 지칭하는데, 선비는 기본적으로 양반 계층에서만 나올 수 있었다. 그들을 사대부士大夫라고 한다.

영조와 정조의 시대라 불리는 18세기는 조선의 문화가 화려하게 꽃피웠던 시기이다. 18세기에 들어와서는 한글과 한문을 익힌 양반 부녀자들의 학문과 문예 활동이 그 이전과 달리 상당수에 이르렀다. 이 가운데 여성으로서 수준 높은 성리학 연구를 한 이들이 있었는데, 임윤지당과 강정일당을 비롯하여 서영수합·이사주당·이빙허각 등이 그들이다.

허난설헌: 공식적으로 조선 사회에는 여자 선비가 없었어요. 선비를 뭐라 포장하든 간에 양반인 남자를 가리키는 말이었지요. 조선은 남성을 중심으로 하는 유교주의가 뿌리 깊게 내린 사회였으니까요. 조선왕조 건국 이후 여성들의 생활은 그 이전에 비해 큰 제약을 받았고, 교육의 기회까지 박탈되었으니 여자 선비가 있을 리가 없었지요. 물론 공식적으로 말입니다. 하지만 조선에도 남자 못지않은 여자 선비가 있었어요. 기득권을 쥔 남자 선비들이 인정하지 않았을 뿐이죠.

비록 그 시대에서는 인정받지 못했지만 여자 선비이기를 꿈꾸었던 멋진 여성들을 소개해볼까요? 조선시대 여성 유학자들이라고 하면 다소 생소하겠지만, 그들이 남성 유학자들에 못지않은 업적을 남겼음을 알게 될 것입니다.

신사임당: 유교에서 이상적인 여성상으로 꼽는 태임을 본받기 위해 노력했던 나 역시 선비를 꿈꾸었지요. 어쩌면 기본 소양이라고 봐야 할까요? 유학이라는 게 사람답게 예를 갖추고 살자는 학문이니까요. 그런데 보다 세밀하게 여성의 시각에서 성리학을 연구하고 업적을 남긴 인물이 있어요. 바로 임윤지당任允摯堂:1721~1793이란 여자 선비입니다.

임윤지당은 조선 후기 최초의 여성 성리학자로 『윤지당유고允摯堂遺稿』가 전한다. 윤지당은 양성현감으로 있던 임적의 둘째 딸이다. 그녀의 집안은 고조부 임의백이 김장생의 문인이자 노론 영수 송시열의 동문이었으니 학통으로는 최대 명문가였다. 윤지당은 당시 양반 가문에서 행해지던 여성 교육을 받았다. 윤지당의 아버지는 옛날 교훈서를 모아 언문으로 번역한 뒤 집안 부녀자들을 가르치기도 했다. 비록 살림이 넉넉하지는 않았지만, 그의 형제들은 경전과 역사책의 뜻을 토론하고, 고금의 인물과 정치의 잘잘못을 논평하기도 하였다.

허난설헌: 윤지당은 학문만이 아니라 생활에서도 선비다움을 갖추고 있었어요. 엄격한 집안 교육 때문인지 어릴 때부터 예의가 배어 있었다고 해요. 그녀가 예닐곱 살 때 외가에서 몇 달을 보낸 적이 있는데, 어린 나이임에도 어른들이 잠자리에 든 후에야 비로소 잠옷으로 갈아입고, 어른들보다 먼저 일어나 침구를 정리하고 단장한 후 평상복으로 갈아입었다는 일화가 전해지고 있어요. 여느 남자 선비 못지않은 풍모를 지니고 있었던 거지요.

신사임당: 고지식한 면도 보이는군요. 윤지당이 살았던 시대라면 여성에게 규범을 더욱 강요하던 때라고 볼 수 있지요. 특히 송시열의 학통을 이어받은 집안이라면 그 분위기를 사뭇 짐작할 수 있겠어요.

윤지당이라는 당호를 보면 그녀가 진정 선비이고자 했음을 알 수 있다. 이 당호는 조선 성리학의 6대가 중 한 사람으로 일컬어지는 그녀의 둘째오빠 임성주가 지어 주었다. 그는 어린 나이에 아버지를 잃은 윤지당에게 아버지와 스승 같은 역할을 해주었다.

"윤지당은 그녀가 어렸을 적 우리 중형仲兄:둘째형이 처음 부른 별칭이다. 주자의 윤신지允莘摯의 말에서 따온 것으로, 그 의미는 믿음이 두텁고 책임에 정성을 다한다는 것이다. 우리 이종형姨從兄 한정당 송공이 손수 도장을 새겨서 이를 주니 이로부터 집안에서 윤지당이라 자주 불렀다."

그녀의 동생 임정주가 쓴 『윤지당유고』에 나오는 윤지당 호의 유래이다.

윤지당은 결혼 전까지만 해도 집안의 지지 속에서 성장했다. 학문을 심도 깊게 하는 집안이라 그녀의 형제들은 어머니 곁에 모여 앉아서 경전과 역사책의 뜻을 토론했다. 윤지당 역시 열띤 토론에 참여했는데, 오빠들은 그녀가 대장부로 태어나지 않은 것을 탄식하곤 했다고 한다. 무척이나 공감이 가는 대목이다.

허난설헌: 그러고 보면 중국 주문왕의 어머니인 태임은 유교의 전형성을 가진 여성인가 봅니다. 사임당도 태임에서 당호를 따왔고, 윤지당도 태임과 주문왕의 부인 태사의 친정에서 따온 '윤신지'에서 비롯된 걸 보면 말이죠. 철저히 유교적인 당호니까요.

신사임당: 윤지당이 처음부터 선비를 꿈꾸었던 것은 아니었어

요. 조선에서 여성에겐 가당치도 않은 꿈이었으니까요. 그녀는 열아홉 살에 원주 출신의 선비 신광유와 결혼해서 한동안은 학문을 접고, 사회가 요구하는 여성이 되기 위해 노력했어요. 그리고 오빠 임성주와 서찰로 학문을 토론하는 정도로 만족하며 살았지요.

허난설헌: 처음부터 선비를 꿈꾸기엔 그녀의 삶이 녹록치 않았어요. 결혼한 지 얼마 지나지 않아 그녀에겐 불행이 몰아닥쳤지요. 결혼 8년 만에 남편이 세상을 떠나 하루아침에 청상과부가 되고, 임신 중인 아이도 잃고, 병든 시어른을 모시며 집안 대소사를 처리하는 등 개인적으로 감당하기 어려운 삶이 시작되었어요. 그래서 제가 시에 의지했듯이, 그녀도 의지할 수 있었던 것은 오로지 학문뿐이었던 것 같아요.

신사임당: 윤지당은 같은 여성으로서 공감할 수 있는 면이 상당히 많아요. 고지식할 것만 같았던 그녀가 여성으로 자각하기 시작하면서 세상을 보는 눈이 달라지기 시작했지요. 사람은 누구나 하늘로부터 동등한 입장에서 태어나는데, 유독 남자만 성인이 된다는 걸 불합리하다고 생각하게 된 것입니다. 공자가 주장하는 성인의 자격에서 알게 모르게 여성이 배제된 거라고 본 것이지요.

"아, 나는 비록 여자이지만 부여받은 본성은 남녀 간에 다름이 없으니, 안연顔淵이 배운 바를 배울 수 없다 하더라도 성인을 사모하는 뜻은 매우 간절하다. 그러므로 내 견해를 대략 풀어서 그 뜻을 밝힌다."

윤지당의 저서 가운데 극기를 통해 경지에 도달할 수 있다는 '극기복례위인설克己復禮爲仁說'편에 나오는 대목이다. 안연이 공자에게 인仁에 대하여 묻자, 공자는 '나를 이기고 예로 돌아감이 인이 된다'라고 인을 정의했다. 유학의 근본이 인이고, 자기를 극복함으로써 성인에 이른다는 것이 유학의 궁극의 목표라는 것이다.

조선 사회는 신분과 성을 철저히 구분하였다. 따라서 성리학은 남성 유학자들의 전유물일 수밖에 없었다. 윤지당은 남성 유학자들의 전유물인 성리학을 평생 탐구하면서 이를 통해 자신도 성인의 경지에 나아가려 하였다. 그리고 자신도 안연과 같은 선비가 되기를 원했던 것이다.

허난설헌: 우주의 이치와 사람을 다루는 학문이랄 수 있는 유학이 여성에게만큼은 무척 편협했어요. 윤지당은 사람의 본성에 남녀 차이가 없다고 깨닫게 되면서, 그것을 이해시키기 위해 성리학에 도전장을 내민 것이에요. 어찌 보면 무모할 수도 있는 도전이었지요.

신사임당: 그런 무모함이 있었기 때문에 남들이 가지 않은 길을 가게 된 겁니다. 윤지당은 그저 유학이라는 학문을 이해하는 차원이 아니라 여성이라는 존재가치를 정립하려고 했던 것이지요.

허난설헌: 그렇지요. 당시 조선의 유학자들은 전통적 성리학을

고수하면서 남성중심, 즉 양의 기운이 세상을 움직인다는 사고방식을 가지고 있었거든요.

윤지당은 남자와 여자의 존재를 음양의 우주질서와 같이 상호 보완적인 것으로 파악했다. 남녀는 서로의 역할이 본래적으로 다른 것일 뿐이지 우열의 차이를 가진 존재는 아니라는 것이다.

현실적으로 여성차별이 심했던 당대 상황에 비추어 보면 양성 평등론으로 해석할 수 있다. 그녀는 이기理氣의 이론으로 자신의 주장을 뒷받침했다. 성리학은 이理와 기氣의 원리를 통해 자연·인간·사회의 존재와 운동을 설명하는 학문으로, 공자의 주장과 별개로 중국 송나라 때의 학자들이 완성한 학문이다. 대표적인 인물로 주희가 있다. 주희는 이기론으로 차별적 인간관을 이끌어냈다면 윤지당은 평등적 인간관을 도출해냈다.

신사임당: 윤지당의 주장을 당시 조선 사회에서 받아들였을 리 만무하지만, 그 정도의 연구 성과는 대단하다고 할 수 있겠네요. 성리학을 주자학이라고 할 만큼 주자의 주장을 무시할 수 없는데, 그와 다른 이론을 들고 나왔으니 말이죠. 여성을 위한 주자학이라고 해야 할까요?

"나는 어릴 때부터 성리의 학문이 있음을 알았다. 조금 지나서는 고기 맛이 입을 즐겁게 하듯이, 학문을 좋아하여 그만두려 해도 그만둘 수가 없었다. 이에 감히 아녀자의 분수에 구애되지 아니하고, 경전에 기록된 것과 성현의 교훈에 관하여 마음을 다해 탐구하였다. 수십 년의 세월이 지나자 조금 말할 만한 식견이 생겼으나, 문장으로 저술하려고 아니하여, 마음속에 간직해 두고 드러내지 않았다. 이제 노년에 이르러 나도 죽을 날이 얼마 남지 않았는데, 문득 하루아침에 갑자기 죽으면 아마도 초목과 함께 썩어버릴 것이라는 생각이 들었다. 그래서 집안일을 하는 틈틈이 여가가 날 때마다 글을 써두었다."

생의 마지막을 준비한 윤지당은 학문적 성과에 대한 자부심을 갖고 정리한 내용을 필사하여 친정 동생 임정주에게 보냈다. 이 글은 그녀가 필사본의 앞에 붙인 서문과 같은 서간문이다. 『윤지당유고』는 윤지당 임씨가 73세를 일기로 타계한 후 3년 만에 친정 동생 임정주와 시동생 신광우가 목활자본으로 간행한 2권 1책으로 구성된 문집이다.

허난설헌: 애석하지만 그녀는 동시대에서 성리학자로 인정받지 못했어요. 여성의 시문 정도나 인정해주던 당시 사회에서, 그녀가 학자로 나서기엔 여전히 조선 사회의 벽은 높고 단단했으니까요. 하지만 그녀는 여성 선비로서나 철학자로서도 손색이 없는 인물이었어요.

신사임당: 그런데 윤지당은 자신이 연구한 성과가 사장될 수도 있다는 생각을 했나 봐요. 나이 들어 결국 자리에서 일어나지 못하는 상황이 되자, 상태가 위중하다는 것을 안 일가친척들이 그녀의 곁을 지킬 때 다소 황망한 유언을 했다는군요.

"갑자기 시 세 구절이 떠오르는구나."

윤지당의 이 말에 곁을 지키던 가족들이 놀라 무슨 시가 나오려나 싶어 받아 적으려고 바짝 다가가 앉았다. 윤지당은 그들을 한 번 둘러보더니 담담하게 말했다.

"너희들이 들어서 뭐 쓸데가 있다고 그러느냐. 그만 됐다."

주위에 있던 이들이 당황함을 감추지 못하는 찰나, 윤지당은 그 말을 남긴 채 눈을 감았다. 73세의 나이로 갑자기 떠오른다는 시 세 구절은 끝내 입 밖으로 내지 않은 채 그렇게 세상을 떠난 것이다.

허난설헌: 멋진 선비였군요. 그처럼 멋진 윤지당이 있었기에 또 다른 여자 선비들이 그녀의 뒤를 이을 수 있었을 겁니다. 이번엔 윤지당의 뒤를 이은 여자 선비들을 알아보지요.

신사임당: 윤지당이 유학의 원론적인 성리학을 연구했다면, 여성의 실생활에 가까운 것에 초점을 두고 연구한 이들도 있었어요. 실용이 요구되던 시대라 그런지 실학에 가깝게 연구한 이들이지

요. 먼저 사주당 이씨1739~1821를 소개해볼까요.

사주당 이씨는 조용하고 밝은 덕성을 지닌 선비의 집안에서 태어났다. 어려서부터 단정하고 영리했으며 길쌈과 바느질에 능했다. 그녀는 길쌈하는 틈틈이 『주자가례朱子家禮』와 『여사서女四書』를 가져다가 익혔다. 그녀는 열다섯의 나이에 경서經書·사서史書·제자諸子·문집文集을 두루 섭렵하여 높은 학식과 예덕을 지닌 빼어난 규수로 성장해 있었다. 그녀는 열다섯의 어린 나이에 목천 현감 유한규와 결혼했다. 유한규는 이미 세 번이나 아내와 사별한 사람으로 그녀와는 다소 나이차가 있었다.

그녀는 61세의 나이에 출산과 육아가 온전히 여성에게만 있다고 여기는 조선 사회에서, 남성들의 책임을 이끌어낸 『태교신기胎教新記』를 집필했다. 이 책은 세계 최초의 태교에 관한 백과사전으로, 그녀가 자신의 경험과 그동안 탐독해온 여러 문헌을 바탕으로 저술한 태교에 관한 일종의 안내서이다.

허난설헌: 사주당은 그런대로 평탄한 삶을 살았어요. 비록 나이차가 많은 재혼을 했지만 부부는 30년 가까이 해로했어요. 그리고 성리학적 학풍보다는 실학적 학풍을 바탕으로 한 남편 집안의 영향으로, 부부는 학문에 대한 서로의 깊은 이치를 토론하면서 지기知己처럼 살았다고 해요. 집안과 부부의 이러한 분위기는 훗날

그녀가 저술 작업을 할 수 있는 밑바탕이 되었지요.

신사임당: 태교는 태임도 매우 중요하게 여겼어요. 태교가 유학이라는 규범에서만이 아닌 생명을 품은 도리로서 당연한 태도이자 행동방침이라고 본 것이지요.

허난설헌: 아이를 가진 엄마라면 태교의 중요성을 모르지 않을 겁니다. 저 역시 태교의 중요성을 더 깊이 깨달았어요. 비록 아이를 잃은 후였지만요. 그리고 태교란 게 엄마만 하는 게 아님도 깨닫게 되었어요.

신사임당: 사주당은 인간이 하늘로부터 똑같은 천품을 부여받는데, 태내에 있는 10개월 동안 인간의 좋고 나쁜 품성이 형성되고, 또 출생 후의 생장 과정에서 다시 군자와 소인의 분별이 결정된다고 보았어요.

허난설헌: 바로 그 점에서 태교의 필요성이 제기되는 거군요. 인간의 품성이 결정되는 처음 10개월의 태내 교육이 출생 후의 교육보다 중요하다는 것이지요. 『태교신기』는 예비 어머니를 위한, 여성을 위한 훌륭한 교육서였어요. 자신이 네 아이를 임신하고 낳아 기르는 동안 스스로 체험한 경험들을 기록한 것으로 그 의의가 크다고 봅니다.

신사임당: 그 책이 좀 더 일찍 나왔다면 조선의 역사가 다시 쓰였을 수도 있었겠다는 생각이 드는군요. 물론 긍정적인 측면에서 말이에요.

허난설헌: 그랬을까요? 그런데 『태교신기』에서 간과하지 않은 것은 아버지의 역할을 강조했다는 점이에요. 아버지의 청결한 마음가짐이 어머니의 10개월 못지않게 무척 중요하다고 여겼거든요.

사주당 이씨는 여성의 임신과 태교라는 실용적 문제에 관심을 가진 여성실학의 대표주자라 할 수 있다. 조선 후기 여성 지식인들의 지적 성취가 남성중심의 담론에서 독자성을 인정받지 못했지만, 여성이기에 가질 수 있는 뚜렷한 담론을 제시했다고 볼 수 있다. 사주당은 여성에게만 감정 절제를 요구하는 기존의 태교론에 비판을 가했다는 점에서 새로운 여성 실학적 흐름을 형성했다.

그녀는 임신이나 태교가 여성의 책임만이 아닌 부부의 공동 책임이라고 했다. 당시는 성리학적 이념으로 무장된 남성중심의 사회였기 때문에 임신이나 출산, 그리고 태교는 오롯이 여성의 전유물로 생각했던 시대였다.

그런 시대에 남성의 임신과 태교 참여와 그 책임에 대해 논한 것은 상당히 이례적이라 할 수 있었다. 임신과 출산이 하나의 생명을 탄생시키고 올바른 사회적 존재를 만든다는 의미로 본다면, 여성의 책임으로만 돌릴 수 없는 문제였다. 사주당은 행복한 가정에서 행복한 아이도 태어나므로 임신과 출산, 육아가 부부의 공동 책임이라고 주장했다.

우주의 이치와 사람을 다루는 학문이랄 수 있는 유학이

여성에게만큼은 무척 편협했어요.

윤지당은 사람의 본성에

남녀 차이가 없다는 것을 깨닫게 되면서,

그것을 이해시키기 위해 성리학에 도전장을 내민 것이에요.

신사임당: 조선 후기로 갈수록 여성들의 자각이 뚜렷해졌다는 것을 또 다른 여성 선비를 통해 알 수 있어요. 바로 강한 여성이고자 했던 빙허각憑虛閣 이씨1759~1824입니다. 그녀는 영구치가 날 무렵 스스로 자신의 이를 뽑았다는 일화를 가지고 있어요. 여자라서 나약하다는 소리를 듣기 싫었던 그녀는 스스로 빙허각이라는 이름을 지었지요. 빙허각은 텅 빈 문설주에 기댄다는 의미로 누구에게도 의지하지 않고, 스스로 깨우치겠다는 강한 의지가 담긴 이름입니다.

허난설헌: 개인적으로 가장 끌리는 여성이군요. 아무래도 저와 다른, 마치 저를 극복한 듯한 이미지 때문인지도 모르겠어요.

빙허각 이씨의 가문은 명망 높은 소론이었고, 외가 역시 실학과 고증학 분야에서 명성이 높은 집안이었다. 사주당 이씨가 외숙모였고, 사주당의 아들이자 빙허각의 외사촌인 유희는『언문지』를 저술했다.

빙허각의 아버지 이창수는 그녀의 시가인 달성 서씨 집안과는 각별한 인연이 있었다. 이창수의 첫 번째 부인이 바로 달성 서씨 집안의 여자였다. 자식을 낳지 못하고 운명하는 바람에 빙허각의 어머니 유씨와 재혼을 했던 것이다. 이렇게 달성 서씨 집안과 교류가 있던 이창수는 어떻게든 막내딸을 그 집안과 연결시키려고 했다. 마침 그녀가 총명하다는 것을 달성 서씨 집안에서도 익히

알고 있던 터라 집안 어른들끼리 알아서 혼사를 성사시켰다.

그렇게 빙허각의 나이 열다섯에 세 살 연하의 서유본과 결혼했다. 그녀의 시가인 달성 서씨 집안은 농학農學을 가문의 학문으로 삼고, 소론 출신의 실학자 그룹을 실질적으로 이끈 문벌가였다. 집안의 학풍은 이용후생을 위한 학문을 강조하는 실학자 집안으로 농학의 연구 성과를 저서로 남기기도 했다. 수리·천문·농학 등을 집대성한『보만재총서』를 집필한 시조부 서명응은 누구보다도 빙허각을 반겼다.

그리고 빙허각의 시동생은 조선 후기 대표적인 실학자 중 한 명인 서유구이다. 그는 중농학파의 대표주자로 8,000여 권의 서책을 보유한 유명한 장서가로 알려져 있다. 그는 스승이자 형수인 빙허각이『규합총서』를 집필할 때 많은 도움을 주었다.

신사임당: 대단한 시댁이군요. 서명응은 손자며느리인 빙허각의 학문적 재질을 칭찬하며 여자라고 무시하지 않았어요. 그랬기에 이제 갓 시집 온 손자며느리에게 시동생의 사부가 되어달라고 청했겠지요.

허난설헌: 빙허각은 제가 부러워할 만한 요소들을 두루 갖추었네요. 딸의 총명함을 북돋워주는 부모와 여자의 학문적 자질을 중시한 시가의 도움으로 조선 유일의 여성 실학자로 성장할 수 있었군요. 그녀는 여느 조선의 여성들이 꿈꾸지 못할 호사를 누렸어

요. 무엇보다 평생지기였던 남편의 지지가 그녀를 더욱 빛나게 했다더군요.

“나의 아내가 여러 책에서 줄거리를 뽑아서 항목별로 나누었다. 시골 살림살이에 요긴하지 않는 것이 없고, 특히 초목, 새, 짐승의 성미가 상세하게 적혀 있다. 이에 내가 책 이름을 『규합총서』라 하였다.”

서유본은 그의 저서 『좌소산인문집』을 통해 빙허각의 저서에 이름을 지어줬음을 밝혔다. 아내의 책에 이름을 지어준 것은 그만큼 아내의 학문에 관심과 애정을 보냈음을 알려준다. 아내와 경서를 논하고, 시를 주고받고, 책에 관한 도움을 주며 남편이기에 앞서 지우知友로서 지냈다. ‘아내가 해마다 누에 치고 길쌈하며 온갖 꽃을 따다가 술을 빚어 나에게 준다’는 그의 시를 통해서도 그들 부부의 관계를 짐작할 수 있다.

신사임당: 아내는 책을 쓰고, 남편은 그 책의 이름을 지어주고, 참으로 아름다운 모습입니다. 서로 얼마나 사랑했는지, 서유본이 병으로 앓아눕자 그녀는 곡기를 끊고 자신의 손가락을 베어 피를 먹이기도 했어요. 그리고 남편이 죽자 모든 걸 체념하고 자리에 누워 그 뒤를 따랐다고 합니다. 그것은 자신을 사랑하고 인정해준 남편이자 지기에 대한 예의이고 사랑이었을 것입니다..

허난설헌: 『규합총서』는 여성이 저술한 최초의 경제 서적이자 조선 후기 들어 활짝 꽃을 피운 실학 분야에서 독자적인 족적을 남긴 철학서입니다.

빙허각 이씨가 집대성한 『규합총서』는 여성들을 위한 실용서로, 의식주 전반에 걸쳐 가정생활의 지침이 되는 일을 유형별로 분류하여 한글로 엮은 책이다. 장 담그는 법, 술 빚는 법, 밥과 떡뿐 아니라 반찬류의 제조와 관리법, 누에치기, 길쌈, 염색, 수놓기, 옷을 만들고 수선하는 바느질 방법, 논밭을 일구는 법, 꽃과 대나무의 관리, 가축의 사육방법, 아이를 기르는 요령, 구급법, 약을 먹을 때 주의사항 등 가족들의 건강 문제, 집의 방향에 따른 길흉, 재액막이와 더불어 무당에게 속지 않는 방법 등의 다양한 내용을 담았다.

신사임당: 빙허각은 정말 대단한 여성이군요. 여성의 입장에서 여성을 위한 가정백과를 만들었다는 사실이 뿌듯합니다.

허난설헌: 하지만 안타깝게도 당시 사회에서는 영향을 끼치지 못했어요. 저자가 여성이기 때문이었죠. 그나마 그녀가 이름을 알릴 수 있었던 것은, 그녀의 제자이자 시동생이었던 서유구가 빙허각의 행적과 저작을 담은 '빙허각 이씨 묘지명'을 지으면서였어요.

조선 후기로 갈수록 새로운 변화가 포착되었다. 조선의 사회구

조는 상품 경제로 변해가면서 노동력은 중요한 상품이 되었다. 정약용이 '한 사람의 베 짜는 여인이 농부 세 사람의 수입보다 낫다'고 한 것처럼 여성의 경제활동은 자신들의 상황을 변화시킬 수 있었다. 이 시기에는 중앙으로 권력이 집중되고, 세도 정치로 인해 양반 가운데서도 양극화 현상이 일어나 놀고먹는 이들이 많았다. 사대부의 체면상 직접 일할 수는 없고, 집안경제를 유지하기 위해서는 여성들이 일하지 않으면 안 될 상황이었다.

그래서 여성은 자신들의 노동력을 기반으로 규방에 갇혀 지내는 것이 아니라, 스스로 지위를 향상시킬 수 있는 기회를 마련할 수 있었다. 경제활동에 참여하다 보니 자의식도 고양되었고, 이전부터 정서 함양 정도로 익혔던 독서와 글쓰기는 더 많은 기회를 만들어 주었다. 또한 여성의 독서 인구도 그만큼 늘어나는 계기가 되었다.

신사임당: 실학자 집안이라 그런지 빙허각은 시대의 흐름을 읽는 통찰력이 있었던 것 같아요. 조선 사회가 변화되고 있음을 포착한 것이지요. 더 이상 양반이라는 신분이 중요한 사회가 아니라 오로지 돈에 의해 지배될 것임을 꿰뚫고 있었어요.

허난설헌: 탁상공론보다는 실용을 우선으로 보았기 때문에 시대의 흐름 속에 뛰어든 것이겠죠. 여성이라고 해서 더 이상 규방에 머물러 있는 것이 아니라 경제활동에 참여하는 것이 현실적이

라는 판단을 한 것이에요. 그녀는 직접 차밭을 경영하기도 했는데, 이는 사대부가의 여성도 노동을 하고 경제활동에 참여할 수 있는 사회적 분위기가 형성되었다는 반증이었어요.

신사임당: 빙허각 같은 여인도 읽어내는 시대의 흐름을 조선 사대부들은 간과하고 있었으니 안타까운 일이 아닐 수 없어요. 당리당략에 매어 변화하는 시대의 흐름도 읽지 못하고, 민생안정도 도외시했던 장본인들이 바로 대다수의 사대부들이었지요.

허난설헌: 어쩌면 실학은 여성들에게 더 필요한 학문이 아니었을까요? 집안 살림에 국한되었다지만 실질적인 노동을 하고 관리를 했던 주체였으니까요. 여성들은 자신들이 처해진 현실에서 흐름을 읽었어요. 다만 그것이 사회에 반영이 되지 않았을 뿐이죠.

신사임당: 그래서 당시 조선 사회에 또 다른 빙허각들이 나타날 수 있게 만들었어요. 물론 모든 조건을 충족시킬 수는 없었지만 실학의 등장으로 여성에게도 더 많은 교육의 기회가 주어졌고요.

빙허각은 학문이란 세상을 다스리는 데 실질적인 이득이 있어야 한다는 경세치용經世致用의 인식을 바탕으로 『규합총서』를 집필했다. 사대부들이 즐겨 쓰는 '수신제가치국평천하'는 당시 사회에서는 그저 명분에 지나지 않았다. 가정 경제도 제대로 경영하지 못한 이들이 나라는 어떻게 경영할 것인지 반문하고 싶었던 심정으로 집필에 임했다. 먹고사는 문제를 운용하는 일이 어떤 것인지 세세하게 보여주고 싶었던 것이다.

허난설헌: 철저히 남성 중심의 사회였던 조선에서 윤지당 임씨와 빙허각 이씨 이 두 명의 대표적 여성 학자를 배출한 것은 엄청난 사건이었다고 할 수 있어요. 비록 조선 사회에서는 인정받지 못했지만 여성으로서 암흑의 시기에 도전했던 그녀들이 있었다는 것으로도 현대를 사는 여성들에게 귀감이 될 만하다고 봅니다.

로맨스를 꿈꾼다

"애 춘향아, 우리 한번 업고 놀자. 아이고 부끄러워서 어찌 업고 논단 말이요?"

신사임당: 아마도 조선 최고의 로맨스 소설은 『춘향전』이 아닐까 싶어요. 건넌방에 춘향의 어머니가 있는데도 불구하고 업고 놀자는 이몽룡과 그것을 차마 떨치지 못하는 성춘향 이야기입니다. '이리 오너라, 업고 놀자' 하고 '저리 가거라, 뒤태를 보자'는 등 걷는 태를 보자 하지요. 그리고 또 이몽룡은 자기가 업어주었으니 이제 춘향이 더러 업어달라며 떼 아닌 떼를 씁니다. 낯이 뜨거워 말로 다 표현할 수 없지만 재미가 없는 것은 아니에요.

허난설헌: 우리로서는 꿈도 꿔볼 수 없었던 놀이여서 그런 건

아닐까요. 시대마다 표현의 정도는 다르지만, 인간이 갖는 본능은 다르지 않다고 봐요. 다만 유교라는 사회윤리가 엄격하게 지배하고 있던 조선 사회였기 때문에 남녀 간의 솔직한 사랑 놀음이 더 낯 뜨거울 수밖에 없을 겁니다.

신사임당: 그런데 아이러니하게도 『춘향전』 속의 성춘향은 지조와 정절의 대명사입니다. 일부종사하려는 성춘향은 분명 조선 사회가 바라는 여성상이었거든요. 하지만 속내를 들여다보면 완전히 다르지요. 판소리로 풀어지는 춘향전의 신분을 초월한 사랑 이야기 속 애정표현은 과감하기 이를 데 없어요. 현실에서 이루어질 수 없는 욕망을 이야기로 풀어내 대리만족을 시켜주고 있지요. 그래서인지 소설의 이본이 120여 종이나 되고, 이본에 따라 제목도 다른 게 많아요.

허난설헌: 문학은 대체로 그 시대를 반영하고 있어요. 때문에 외형적으로는 성에 닫힌 사회의 표본 같은 조선시대였어도, 그 안에 있던 욕망까지 가릴 수는 없었던 겁니다. 억압된 성은 결국 다른 왜곡된 모습으로 분출하게 마련이지요. 그래서 도덕 윤리로 꽁꽁 묶은 조선 사회의 이면에는 춘화春畵가 넘쳐났고, 홍등가를 드나들던 한량들 또한 넘쳐났지요. 그렇다면 조선 사회가 성춘향과 이몽룡처럼 애정표현에 솔직하고, 욕망의 분출을 사회적 규범으로 억압하지 않았다면 여성의 지위가 달라졌을까요?

신사임당: 상상도 할 수 없는 일입니다. 조선은 그런 일이 가능

한 시대가 아니었어요. 윤리적 규범을 내세울수록 본능은 억압당할 수밖에 없지요. 조선에 들어와서는 남녀 간의 사랑을 사실적으로 표현하던 고려가요도 남녀상열지사男女相悅之詞로 치부하고 비방했어요. 유교적 관점에서는 도저히 용납할 수 없었기 때문이지요.

허난설헌: 그런 조선 사회에 실로 엄청난 사건이 터지고 말았어요. 바로 어우동於宇同:?~1480 사건이죠. 어우동은 성추문 사건을 일으켰기 때문에 부정적인 이미지가 강하지만, 저나 사임당만큼 조선에서는 많이 알려진 유명한(?) 여성입니다.

"의금부에서 아뢰기를 '방산수方山守 이난李瀾과 수산수守山守 이기李驥가 어우동이 태강수泰江守의 아내였을 때 지은 간통한 죄는, 율이 장 1백 대, 도徒:구속형 3년에 고신告身:관리의 임명장을 모조리 박탈하는 데 해당합니다' 하니, 명하여 은을 대신 바치게 하고, 고신을 거두고서 먼 지방에 부처付處하게 하였다."

『성종실록』에 나오는 내용이다. 종실 태강수泰江守 이동李仝의 아내 어우동이 방산수와 수산수 등 왕실의 종친들과 간통하여 사회적으로 물의를 일으킨 것을 기록하고 있다. 그런데 그녀는 이에 그치지 않고 천한 신분의 남자까지 끌어들여 문란한 성관계를 맺기도 했다. 그래서 남편 이동에게 쫓겨나지만, 오히려 그 후 거리낌 없이 수십 명의 조관朝官이나 유생들과 난잡한 관계를 가졌다.

신사임당: 비록 이 일이 사실이라 하더라도 신빙성 없는 내용이 많아요. 그것은 당시의 분위기와 역사를 기록한 문서 대부분이 남성들에 의해 쓰였고, 그들의 논리와 입장을 대변했기 때문입니다. 특히 시골 구석구석까지 유교의 나라로 만들려고 했던 성종이 왕이었다는 데 주목할 필요가 있어요. 성리학의 이념을 저변으로 확대시키려던 성종에게 어우동 사건은 위기였거든요.

그런데 위기가 곧 기회라고, 성종은 어우동을 엄벌에 처한 뒤 그것을 빌미로 성리학을 뿌리내리려 했어요. 음란한 여인을 극형에 처함으로써, 조선의 모든 여성에게 반면교사로 삼으려는 뜻을 확실히 보인 것이지요. 그러니 어우동 사건이 얼마나 과대포장되었을지 생각해볼 필요가 있다는 것입니다.

허난설헌: 전혀 다른 내용의 사건이지만 성종은 어우동뿐만 아니라 자신의 권위에 맞선 왕비 윤씨도 희생양으로 삼았어요. 어우동이 처형될 무렵 왕비 윤씨를 폐위시켰는데, 그녀는 2년 후에 사사되었어요. 남성의 권위에 맞선 여성은 존재할 수 없게 만든 것이죠. 아마도 이때부터 여성의 지위가 더 하락되지 않았나 싶어요.

신사임당: 맞습니다. 어우동 사건은 어떤 면에서 일종의 마녀사냥이라 볼 수 있어요. 그래서 어우동과 불륜을 저질렀던 남성들은 미온적인 처벌을 받았지만, 유독 그녀는 죽음을 면치 못했지요.

허난설헌: 사임당의 이미지와 전혀 어울리지 않게, 그녀를 두둔

하는 말씀을 하시는군요. 당시의 조선 사회가 남성들은 기생집에 드나드는 등 자유롭게 욕망을 표출할 수 있었던 반면, 여성들은 규방에서 정절을 지키는 것을 미덕으로 삼던 시대였기 때문일 겁니다.

신사임당: 우리 시대 여성들도 가장 사랑받고 싶은 대상은 바로 남편이었어요. 성춘향과 이몽룡처럼 간지럽게 사랑하지 않더라도 서로 존중해줄 수 있는 사랑을 바랐지요. 그런데 여인이라면 한번쯤 꿈꾸었던 그런 사랑을 한 이들이 있었어요.

만나고 보니 우리는 모두 광한전의 신선이었는데〔相逢俱是廣寒仙〕
오늘 밤 분명 그 옛 인연을 이었다〔今夜分明續舊緣〕
배필은 원래 하늘이 정하는 것인데〔配合元來天所定〕
세간의 중매쟁이야 공연히 수고로웠을 뿐이다〔世間媒約總紛然〕

결혼한 첫날밤 남편이 아내에게 지어준 시이다. 그러자 아내가 화답하는 시를 보낸다.

열여덟 살 신랑에 열여덟 살 신부〔十八仙郎十八仙〕
신방에 밝힌 화촉, 좋은 인연이어라〔洞房華燭好因緣〕

『춘향전』 속의 성춘향은 지조와 정절의 대명사입니다.

일부종사하려는 성춘향은

분명 조선 사회가 바라는 여성상이었거든요.

하지만 속내를 들여다보면 완전히 다르지요.

판소리로 풀어지는 춘향전의

신분을 초월한 사랑 이야기 속 애정표현은

과감하기 이를 데 없었어요.

같은 연월에 태어나 한 문안에 살게 되니〔生同年月居同閈〕
오늘밤의 이 만남이 어찌 우연이리요〔此夜相逢豈偶然〕

1769년영조 45년 10월 13일 남원의 한마을에서 태어나 열여덟 살 되던 해에 결혼한 생일 동갑 부부가 주고받은 시이다. 신부는 김삼의당金三宜堂:1769~1823이고, 남편은 같은 마을에 살던 담락당湛樂堂 하립이다.

허난설헌: 참 예쁜 사랑을 한 부부예요. 두 사람은 가문과 글재주도 비슷하여 천생연분이란 소리를 들을 정도로 기이한 인연이었어요. 둘은 시를 짓고 토론하면서 결혼 첫날밤을 보냈다고 해요. 함께 사는 동안에는 부인이 거처하는 집 벽에 글씨와 그림을 가득 붙이고, 뜰에는 꽃을 심어 '삼의당'이라 불렀어요. 아내의 소원은 남편이 등과하는 것이었는데, 비록 그 꿈은 이루지 못했지만 서로 사랑하며 알콩달콩 살았지요.

원이 아버지에게

당신은 항상 나에게 둘이 머리 희어지도록 살다가 함께 죽자고 하셨지요. 그런데 어찌 나를 두고 당신 먼저 가십니까? 나와 어린 아이는 누가 이끌어주며 어떻게 살라고 다 버리고 당신 먼저 가셨나요? 당신은 나에게 어떤 마음을 가졌으며 또 나는 당신에게 어떤 마음을 가졌던가요? 함께 누우면 언제나 나는 당신에게 말하곤 했지요.

"여보, 다른 사람들도 우리처럼 서로 어여삐 여기고 사랑할까요? 남들도 정말 우리 같을까요?"

그런데 어찌 그런 일들은 생각지도 않고 나를 버리고 먼저 가시었나요. 당신을 여의고는 아무리해도 나는 살 수 없어요. 빨리 당신께 가고 싶어요. 나를 데려가 주세요. 당신을 향한 마음을 이승에서 잊을 수가 없고 서러운 뜻은 한이 없습니다. 내 마음 어디에 두고 자식 데리고 당신을 그리워하며 살 수 있을까요?

이내 편지 보시고 내 꿈에 와서 자세히 말해주세요. 꿈속에서 당신 말을 자세히 듣고 싶어서 이렇게 써서 넣어 드립니다. 자세히 보시고 나에게 말해주세요.

당신은 내가 아이를 낳거든 아이에게 이야기라도 하고 그렇게 가시지, 아이가 태어나서 누구를 아버지라 부르게 할까요? 아무려면 내 마음 같겠습니까? 이런 슬픈 일이 하늘 아래 또 있겠습니까? 당신은 한갓 그곳에 가 계실뿐이지만 아무려면 내 마음같이 서럽겠습니까?

한도 없고 끝도 없어 다 못 쓰고 대강만 적습니다.

이 편지 자세히 보시고 내 꿈에 와서 당신 모습 자세히 보여주시고 또 말해주세요. 나는 꿈에 당신을 볼 수 있다고 믿고 있습니다. 몰래 와서 보여주세요. 하고 싶은 말, 끝이 없어 이만 적습니다.

병술년 유월 초하룻날, 집에서

1998년 4월 안동시 정상동에서 택지 조성 작업을 하기 위해 오래된 묘지를 이장하던 중 조선시대의 미라가 발견되었다. 미라는 고성이씨 이응태1556-1586와 그의 할머니 일선 문씨였다. 이응태의 무덤에서는 '만시輓詩'와 '한문 편지' 그리고 애절한 필치로 쓴 '원이 엄마의 한글 편지'와 머리카락으로 삼은 미투리가 나왔다.

원이 엄마 편지는 1586년 31세의 나이로 요절한 남편 이응태에 대한 애절한 그리움과 사랑의 마음을 한글 편지로 써서 남편 품에 넣어준 것이다. 영원히 묻힐 수도 있었던 편지가 우연찮게 400년을 넘어 세상에 알려지게 된 것이다.

신사임당: 죽음도 가르지 못한 사랑은 여인들의 로망이 아닐까요? 아내가 사랑하는 남편에게 보낸 마지막 편지를 비록 남편이 읽지 못했더라도 그 마음만은 전해졌으리라 믿고 싶네요.

허난설헌: 사랑이란 감정은 시공을 초월하여 우리에게 감동을 주는군요. 사랑하는 이들이 이별 없이 오래도록 사랑할 수 있다면 얼마나 좋을까요? 그런 의미에서 비록 사랑했던 기간은 짧았어도, 죽을 때까지 서로를 잊지 못한 유희경과 이매창의 사랑도 빼

놓을 수 없어요.

신사임당: 두 사람은 서로 사랑했지만 신분의 한계를 뛰어넘을 수 없었어요. 짧은 만남, 긴 이별, 그리고 첫 만남 후 16년 만의 재회, 참으로 애달픈 로맨스였지요. 매창은 유희경을 향한 그리움이 사무쳐 한恨이 되고 병이 된 듯싶어요. 유희경 역시 매창을 그리워하긴 마찬가지였고요.

그대의 집은 부안에 있고 〔娘家在浪州〕
나의 집은 서울에 있어 〔我家住京口〕
그리움 사무쳐도 서로 못 보고 〔相思不相見〕
오동나무에 비 뿌릴 젠 애가 끊겨라 〔腸斷梧桐雨〕

유희경이 매창을 그리며 쓴 '회계랑懷癸娘'이라는 시이다.

임 떠난 내일 밤이야 짧고 짧아지더라도 〔明宵雖短短〕
임 모신 오늘 밤만은 길고 길어지소서 〔今夜願長長〕
닭 울음소리 들리고 날은 곧 새려는데 〔鷄聲聽欲曉〕
두 눈에선 눈물이 하염없이 흐르네 〔雙瞼淚千行〕

매창이 쓴 '별한別恨'이라는 시이다.

허난설헌: 이별의 슬픔은 매창을 죽음으로 몰고 간 모양입니다. 매창이 죽기 3년 전 유희경과의 재회에서 사랑을 나눈 시간은 고작 열흘뿐이었어요. 그녀는 아마도 유희경을 다시는 볼 수 없다는 걸 알았던 모양입니다. 그래서 자신이 죽어도 유희경에게 알리지 말라고 유언을 했다고 하는군요.

맑은 눈 하얀 이에 푸른 눈썹 계랑아〔明眸皓齒翠眉娘〕
홀연히 뜬 구름 따라 너의 간 곳 아득하다〔忽然浮雲入鄕茫〕
꽃다운 넋 죽어서 저승으로 갔는가〔終是芳魂歸浿邑〕
그 누가 너의 옥골 고향 땅에 묻어주리〔誰將玉骨葬家鄕〕
마지막 저승길에 슬픔이 새로운데〔更無旅新交呂〕
쓰다 남은 화장품에 옛 향기 그윽하다〔只有粧瞼舊日香〕
정미년에 다행히 서로 만나 즐겼건만〔丁未年間行相遇〕
이제는 애달픈 눈물 옷깃만 적시네〔不勘哀淚混衣裳〕

매창의 죽음을 전해들은 유희경이 남긴 '매창의 슬퍼하며'라는 만시이다.

신사임당: 유희경 역시 시로써 그 슬픔을 달랠 수밖에 없었나 봅니다. 짧은 만남이었지만 평생을 이어갔던 두 사람의 사랑은 이렇게 시로만 남았어요. 유희경이 말년에 지은 시를 보면, 그 역시

한없이 매창을 그리워했음을 알 수 있어요. 아무래도 로맨스는 해피엔딩이 좋은 것 같아요. 이루어질 수 없는 사랑은 너무 가슴이 아파져 옵니다. 사랑한다면 조금은 덜 아프고, 조금은 더 달달한 사랑을 하길 바랄 뿐입니다.

내조가 필요해?
우린 외조가 필요해!

조선시대 최고의 내조의 여왕은 누구일까? 혹자는 조선왕조에서 비운의 왕세자로 회자되는 소현세자의 빈이었던 강빈이라고 말한다. 인조의 장남 소현세자는 병자호란으로 아우 봉림대군과 함께 청나라에 인질로 끌려갔다가 8년 만에 귀국한다. 청나라에 있는 동안 그를 음으로 양으로 보필한 이가 바로 강빈이었다. 하지만 그들의 운명은 비참하게 마감되어 내조의 성과는 빛을 잃었다.

허난설헌: 내조하면 누가 뭐래도 사임당이 아닐까요? 현모양처에게 따라붙는 당연한 덕목이잖아요. 사임당께서는 과거공부를 떠난 부군이 의지가 약해져 돌아왔을 때 '머리를 깎고 산으로 들

어가겠다'고 엄포를 놓아 부군의 어리석음을 깨우쳐주었고, 시당숙 이기가 우의정으로 있을 때는 부군에게 가까이 하지 말라고 말렸지요. 그 이기는 윤원형과 결탁하여 을사사화를 일으켰고, 부군께서는 사임당의 말을 들어 훗날 화를 당하지 않으셨으니 이게 내조가 아니고 무엇이겠어요.

신사임당: 그대에게 이제 나를 놀리는 취미가 생긴 모양입니다. 내가 현모양처라는 허울을 싫어하는 것처럼 내조 역시 나와 어울리지 않다는 걸 알아주었으면 해요. 내조란 아내가 남편을 그만큼 존중하여 힘을 실어주는 것이잖아요. 그래서 내조는 절대적인 것이 아니라 상대적이어야 한다고 봅니다. 외조가 있어야 내조도 있다는 말이지요. 일방적인 내조는 상처만 남을 뿐입니다.

허난설헌: 내조란 것이 때로 목적을 설정해놓고 하는 행위이긴 해요. 이를테면 배우자의 성공을 위해 도움을 주고 보필하는 것이죠. 사대부가 여인들에게는 배우자의 입신양명을 위한 내조가 필수였어요. 그러니 조선 규방의 여인치고 내조하지 않은 여인이 없는 것이지요. 그렇다면 사임당을 포함한 조선 최고의 내조의 여왕은 누가 있을까요?

신사임당: 나는 내 안에 내가 너무 많은 사람이었기 때문에 내조를 잘하지 못했어요. 남편의 출세보다는 내가 하고 싶은 것을 우선순위에 두었던 때가 많았지요.

내 생각엔 조선에서 내조로 빛난 인물은 아마도 정희왕후

1418~1483가 아니었을까 생각합니다. 그녀는 남편인 세조에게 결정적인 도움을 많이 주었지요. 원래 왕이 될 수 없는 수양대군을 왕좌에까지 올렸으니 최고의 내조이지 않을까요?

정희왕후는 윤번의 둘째 딸이다. 1428년 11세의 나이에 한 살 연상의 수양대군과 혼례를 올리고 왕실가문의 일원이 되었다. 그녀가 어린 나이에 수양대군과 백년가약을 맺을 때만 해도 국모가 될 거라고는 생각지도 못했다. 그때만 해도 왕위를 이을 세자가 있었고, 수많은 대군 부인 중 한 명에 지나지 않았다.

허난설헌: 정희왕후는 자신의 모습을 감출 줄 아는 여인이었던 것 같아요. 조용히 자신의 자리를 지키고 있다가 결정적인 순간에 강한 면모를 드러내는 치밀한 사람으로 보여요. 수양대군이 잠저潛邸에 살 때는 공손하고 검소할 뿐만 아니라 부지런하게 집안일도 잘 처리했다고 해요. 그런 그녀에 대한 세조의 신뢰는 상당했던 것으로 보입니다.

무엇보다도 세조는 가장 결정적인 순간에 정희왕후의 도움을 받았지요. 왕위찬탈과 다름없는 계유정난 때 그녀가 손수 갑옷을 입혀주며 출정할 것을 간곡히 말하지 않았다면, 세조는 자신이 뜻하던 대로 정세를 끌고 가지 못했을 거라고 해요.

신사임당: 그런 정희왕후도 마음이 편하진 않았을 겁니다. 함부

로 꿈꿀 수 없는 거대한 야망을 품은 수양의 아내로 살아야 했기에, 그녀로서도 선택이 필요했겠지요. 어린 조카를 내쫓고 왕위에 오르려는 남편을 둔 죄로, 도리를 따를 것인지 남편을 따를 것인지 고뇌의 나날을 보냈을 것입니다. 여필종부의 규범이 버티고 있는 시대였으니 당연히 남편을 따를 수밖에 없었겠지만, 그보다는 충효의 도리가 우위를 차지한다고 할 수도 있었으니까요.

허난설헌: 처음엔 그녀도 남편에게 충효의 도리를 내세우며 만류하지 않았을까요? 어쩌면 가족 모두가 죽임을 당할 수 있었으니까요. 하지만 강직하고 독점력이 강한 수양의 성격을 누구보다 잘 알고 있었기에 남편을 믿기로 한 것이겠죠. 그리고 그 이후의 번뇌나 죄업도 함께 가져간다는 결단을 내렸을 겁니다.

신사임당: 정희왕후는 과감성이 있었어요. 한번 결정하면 그대로 밀고 나가고, 후회하지 않으려는 스타일이라 할 수 있지요. 그리고 세상의 흐름을 읽고 판단하는 능력도 뛰어났어요. 세조 생존 시에는 남편의 내조에 혼신을 다했고, 세조 승하 이후에는 정치적 수완을 발휘한 것을 보면 결코 만만치 않은 내공의 소유자입니다.

허난설헌: 조선 왕조의 왕과 왕비 중 세조와 정희왕후가 가장 금슬 좋은 부부였어요. 도덕적 지탄에 대한 죄의식을 함께 짊어지고 있었기 때문이었을 겁니다. 그런 동지의식에서인지 세조는 다른 왕들에 비해 후궁을 많이 두지 않았어요. 기록상으로도 단 한 명의 후궁만 있었어요. 자신을 왕위에 오를 수 있게 한 것이

우선순위에 두었던 때가 많았지요.

사대부가 여인들에게는

배우자의 입신양명을 위한 내조가 필수였어요.

그러니 조선 규방의 여인치고 내조하지 않은 여인이 없는 것이지요.

나는 내 안에 내가 너무 많은 사람이었기 때문에

내조를 잘하지 못했어요.

남편의 출세보다는 내가 하고 싶은 것을

우선순위에 두었던 때가 많았지요.

그 어느 공신보다도, 그녀의 영향이 가장 컸고 그만큼 의지했기 때문일 겁니다. 바로 정희왕후의 보이지 않는 내조의 결과물이라는 거죠.

신사임당: 또 하나, 정희왕후의 숨은 내공을 느낄 수 있는 것은 바로 수렴청정입니다. 그녀는 수렴청정 기간 동안 왕권을 안정시키고, 성종의 정통성을 확보하기 위해 온 힘을 기울였어요. 그래서 성종이 조선의 최대 르네상스 시대를 이룩했다는 평가를 받을 수 있었던 것이지요.

허난설헌: 그녀는 정치 감각이 뛰어났던 거 같아요. 오랫동안 왕실의 발목을 잡고 있던 단종에 대한 죄책감을 덜어내려 했다는 점에서도 알 수 있어요. 단종비 정순왕후 송씨를 신원伸冤:가슴에 맺힌 원한을 풀어 버림함으로써 단종의 영혼과 화해하려고 했지요. 그리고 개인적으로는 불교를 받들었지만 정책적으로는 유교를 숭상했어요. 국가이념인 유교정책을 앞세우는 것은 조정과 맞붙지 않겠다는 의도가 엿보입니다. 어쩌면 살얼음판을 걸어보았기 때문에 가질 수 있는 정치 감각이 아니었을까요?

신사임당: 정치란 입문할 때뿐만 아니라 정리할 때도 중요하지요. 박수칠 때 떠나라고 하잖아요. 그녀는 미련 없이 수렴청정을 거두고 죽는 날까지 일체 정치에 관여하지 않았지요. 조선왕조를 통틀어 가장 완벽한 수렴청정이었어요. 수렴청정을 할 때도 자신을 드러내지 않았고, 공功은 손자에게로 돌리고 과過는 자신이 끌

어안았어요. 철저히 왕권 안정을 위해 다른 대비들처럼 자신의 사가私家 피붙이를 끌어들이지 않았고, 성종에게 무리가 될 일은 빨리 처리했어요. 성종시대에 얻은 평화와 안정은 이 같은 정희왕후의 정치력이 있었기에 가능했다고 볼 수 있지요. 그녀에게 정치란 내조의 완성이었어요.

허난설헌: 조선 사회에서 왕후 정도의 위치가 아니면 여성으로서의 존재감은 크지 않았지요. 일반 여성들의 존재감은 정말 미미했어요.

그런데 18세기에 들어서자, 양반부녀자들의 학문과 문예활동이 활발해지면서 임윤지당·강정일당·서영수합·이사주당·이빙허각 등의 학문적 성숙을 갖춘 여성들이 등장합니다. 그 중 강정일당은 남자들도 힘들어 한 성리학을 깊이 있게 탐구한 성리학자였어요. 그녀는 독특한 방법으로 남편에게 내조를 했다고 하더군요.

“조금 전에 밖에서 돌아오실 때 아무개의 집에 들르셨다는 것 같던데, 그것이 사실인지요? 그 집이 본래는 사대부 집안이라도 지금은 술을 팔고 있습니다. 당신이 지인과 함께 가신 것은 사실 우연이라 할지라도 다른 사람들이 술을 사 먹으러 갔다고 말한들 달리 뭐라 말하겠습니까. 옛사람의 시에 ‘군자는 미연에 방지하는 법, 의심받을 곳에는 가지를 말라’고 하였으니, 조심해야 하지 않겠습니까?”

『정일당유고』에 전하는 강정일당이 남편에게 보낸 척독 중 일부이다.

신사임당: 그래요. 정일당은 남편과 특별한 소통으로 내조를 했어요. 바로 허균이 즐겨 쓰던 짧은 편지글인 척독이었어요. 함께 있으면서도 남편에게 지적할 것이나 바라는 점을 척독으로 전달했지요. 얼굴을 보고 말하면 기분이 그대로 드러나 자칫 싸움이 될 수도 있으니까요.

허난설헌: 단점을 지적할 때는 말보다는 척독이 더 효과가 있었겠네요. 하지만 눈을 보면서, 체온을 나누면서, 서로 대화로 소통하는 게 필요하지 않을까요? 상대방이 나를 위해 비판하고 충고한다는 것을 피부로 느껴야 하지 않을까요? 그런데 적어도 정일당의 남편은 아내의 마음을 알았던 것 같아요.

"부인도 내가 한 가지라도 잘하는 것이 있으면 기뻐하였고, 한 가지라도 허물이 있으면 걱정하며 충고하였다. 내가 우둔하여 모두 실천하지 못했지만, 부인의 좋은 말과 바른 충고는 죽을 때까지 가슴에 새겼다."

『정일당유고』에 강정일당의 남편 윤광연이 쓴 서문 정도에 해당되는 글이다.

신사임당: 워낙 힘들었던 그들의 처지가 서로를 더 끈끈하게 만들었던 거 같아요. 너무나 가난했던 그들은 결혼 후에도 3년 동안 함께 살지 못했어요. 남편 윤광연은 생계를 책임지느라 공부도 할 수 없었지요. 그래서 정일당은 자신이 생계를 책임지기로 하고, 남편에게는 학문에 전념하기를 권했어요. 그런데 남편의 공부를 옆에서 지켜보며 자신도 저절로 공부를 하게 되었고, 남편보다 자질이 조금 나았던지 나중에는 남편을 능가할 정도가 되어 함께 학문에 대해 토론하기까지 이른 것이지요.

허난설헌: 그뿐 아니었어요. 그녀는 남편을 대신하여 서書, 제발題跋, 묘지명, 행장, 제문祭文 등 많은 글을 지었어요. 가까운 친지나 지인들에게 문안이나 문상, 회고나 추모, 족보 간행, 심의深衣, 상례喪禮, 제례 문답 등에 이르기까지 매우 다양한 내용의 글을 썼지요. 이쯤 되면 내조가 아니라 자신의 일이 된 거죠. 내조를 잘하던 정일당이 오히려 외조를 받는 입장이 되었던 겁니다.

남편 윤광연은 먼저 간 아내의 유고를 모아 『정일당유고』를 편찬했고, 아내를 기리는 글에 그녀가 자신에게 어떤 존재였는지 밝혔다. 가난으로 인해 5남 4녀를 낳았으나 모두 1년이 되기 전에 죽고 하나도 제대로 키우지 못했던 부부는 오히려 학문으로 서로 의지할 수 있었다. 윤광연은 정일당의 충고를 받아들여 과거시험을 단념하고 재야의 학자로서 학생들을 가르치고 부인과 학문을 토론하며 여생을 보냈다.

신사임당: 부부관계는 내조와 외조가 합해져야 발전하는 겁니다. 조선 선조 때의 문신인 미암眉巖 유희춘柳希春:1513~1577과 그의 부인 송덕봉宋德峰:1521~1578의 관계가 그랬지요. 송덕봉의 경우 가부장제 권위에 눌려 수동적으로 행동하는 아내의 모습이 아니었어요. 자신이 요구하고자 하는 것에는 자신의 떳떳한 행동을 들어 관철시킨 당당한 여인의 모습이었지요. 우리가 이제껏 바라는 조선 여성상이 아닐까 싶어요.

송덕봉과 유희춘은 평생 금슬이 좋았다. 특히 아내에 대한 유희춘의 사랑은 각별했는데, 덕봉의 나이 51세 때 처조카 송진을 시켜 그동안 그녀가 지은 시 38수를 한 권의 책으로 묶어 『덕봉집德峰集』을 내줄 정도로 자상한 남편이었다. 그러나 현재 그 시문집은 전하지 않는다. 다만 미암이 1567년 10월부터 1577년 5월까지 거의 매일같이 기록한 『미암일기眉巖日記』와 그 부록에서 송덕봉의 한 시를 볼 수 있다. 『미암일기』는 유희춘과 송덕봉 부부의 아름답고 건강한 관계를 볼 수 있는 좋은 자료이다.

두 사람은 오랜 세월을 떨어져 지낼 수밖에 없는 사정 때문에 오히려 서로의 품격을 잃지 않고 애틋한 부부관계를 유지했다. 1576년 11월의 일기를 보면 미암이 선계先戒를 시로 지었더니, 그녀가 '시를 짓는 법은 직설적으로 작문하듯 해서는 안 된다'는 솔직한 평을 했다. 기분 나쁠 수 있음에도 불구하고, 유희춘은 아내의 조언을 듣고 깜짝 놀라 그녀의 의견대로 시를 다시 지었다는 일화가 전한다.

허난설헌: 송덕봉은 자신을 내조 잘하는 아내이기보다는, 남편과 시문을 서로 교환하거나 학문적 조언을 해주는 학문적 동지관계를 바랐던 거 같아요.

신사임당: 현대에도 여전히 아내가 남편에게 내조를 해야 한다는 구시대적 사고방식을 가진 이들이 많지요. 사랑받는 남편이 되려면 아내의 내조를 기다리기보다는, 먼저 아내의 능력을 최대치로 올릴 수 있는 외조를 하세요. 빙허각 이씨의 남편 서유본이 바로 외조의 왕이라 할 수 있어요.

서유본은 빙허각의 학문적 재능을 인정하여 시문을 주고받으며 토론을 자주 했다. 그리고 빙허각이 『규합총서』를 집필하는데 물심양면으로 많은 도움을 주었으며, 그는 아내를 평생지기로 여기며 외조에 최선을 다했다.

여성 잔혹사,
왜 여성에게만 정절을 요구하는가?

신라 성 문화의 단편을 엿볼 수 있는 『화랑세기』를 보면, 조선시대에는 상상조차 할 수 없는 엽기적인 성 문화가 드러나 있다. 근본을 찾을 수 없는 근친혼은 예사이고, 사통·통정과 같은 난잡한 성행위가 아무렇지 않게 자행되었다.

책과 드라마를 통해 알려진 미실은 진흥왕·진지왕·진평왕이라는 세 명의 임금, 동륜이라는 태자 한 명, 사다함·세종·설화랑·미생랑이라는 풍월주 네 명과 통정한 희대의 요부였다. 그러나 그녀의 남편인 세종뿐만 아니라 어느 누구도 그녀를 처벌하지 않았다.

> 동경東京:경주 밝은 달에, 밤새도록 노니다가
>
> 집에 들어와 잠자리를 바라보니, 다리가 넷이어라

둘은 내 것인데, 둘은 뉘 것인고
본래 내 것이다마는, 빼앗음을 어찌하리잇고

허난설헌: 신라시대의 유명한 향가 '처용가'입니다. 처용이 밤새 놀다가 집에 왔는데, 아내가 다른 남자와 사랑을 나누는 걸 보고 있는 내용이죠. 하지만 처용은 그 둘에게 책임을 묻지 않고 조용히 물러납니다. 상당히 낯 뜨거운 장면이 연상되는 그 시대의 성에 대해 알 수 있는 향가입니다. 고려가요에도 이와 비슷한 표현들이 나타나는데, 고려시대에도 여성에 대한 성 규제가 심하지 않았다고 볼 수 있겠지요. 그런데 왜 조선 사회는 유독 여성들에게만 정절을 강요했을까요?

신사임당: 그 어느 시대보다도 조선의 여성은 최악의 시대를 살았지요. 유교의 덕목인 내외법과 삼종지도, 칠거지악 등으로 여성들의 생활을 규제하면서 여성에게만 정절이라는 예속의 굴레를 씌웠어요. 이는 조선왕조가 이전 시대의 사회적 부조리와 혼란을 수습하고, 새로운 유교적 사회질서를 확립하기 위해 여성을 희생양으로 삼았기 때문일 겁니다. 특히 유교적 규범체계는 대체로 사대부 양반지배층의 가문에서 보다 엄격히 시행되었어요.

송나라 서긍의 기행문인 『고려도경』을 보면, 냇가에서 남녀가 부끄럼 없이 함께 목욕했다는 기록이 나올 정도로 개방적인 성 문화가 존재했음을 짐작할 수 있다. 일본을 다녀온 조선의 사신들이 경악했을 일본의 문화와 다를 바 없는 장면이다. 고려가요 중 남녀상열지사의 대표 격인 '쌍화점'은 고려 여인이 몽골인·승려·왕·술집아비 등과 관계를 맺는 내용을 담고 있다. 그리고 당장 얼어 죽을지언정 사랑을 나누겠다는 다소 민망한 남녀 간의 대담한 정사를 묘사한 가요도 전한다. 조선 사대부들에게는 감히 상상조차 할 수 없는 내용들이다.

허난설헌: 그렇군요. 고려시대만 해도 성에 대해 억압적이지 않았던 것을 보면 유교를 숭상하는 조선에서부터 달라진 것이군요. 역시 공자가 문제입니다. 그런데 덕을 쌓고 인을 베풀어야 한다는 공자는 왜 여성들에게만 불친절했을까요?

"부인은 남편에게 잘 복종할 것이다. 이런 까닭으로 오로지 결정하는 일이 없고, 세 가지의 따르는 도리가 있으니, 친가에 있으면 아버지를 따르고, 시집가면 남편을 따르고, 남편이 죽으면 아들을 따라서, 감히 스스로의 뜻대로 이루는 것이 없어 그 교령敎令이 문밖으로 나가지 않고, 하는 일이 제사지내는 음식물이나 식사를 마련하는 일일 따름이다. 여자는 하루를 규문閨門 안에서 보내고, 백리길 친상親喪의 소식을 들어도 급히 달려가지 않으며, 일을 마음대로 하지 않고 행동을 혼자 이룸이 없어서, 참여하여 그 사실을 안 뒤에 움직이고 잘 증험한 뒤에 말하며, 낮에는 뜰에서 놀지 않고 밤에 다닐 때는 불을 들고 다니니, 이는 부녀자의 덕행을 바르게 하는 까닭이다.”

『의례儀禮』 '상복전喪服傳'편에 나오는 여자로서 지켜야 하는 삼종지도三從之道에 대한 공자의 가르침이다.

또한 공자는 『논어』 '양화'편에서 '여자와 소인은 다루기 어렵다. 가까이 하면 불손하게 굴고 멀리하면 원망한다'고 밝혀 그의 여성관이 부정적이었음을 짐작하게 한다.

신사임당: 공자가 조선의 여성들에게까지 '삼종三從'이라는 족쇄를 채운 셈이군요. 유교를 받드는 사회에서는 공자의 말이 곧 법이었으니까요. 공자의 이런 가르침은 글을 아는 이라면 누구나 읽어야 하는 『소학小學』과 소혜왕후가 부녀자의 교육을 위하여 엮은 『내훈內訓』에도 인용되었어요.

허난설헌: 조선 사회는 신분제도를 엄격히 확립하고 남녀 구별도 확실히 했어요. 그래서 부계·부권가족을 기본적인 사회조직의 단위로 보았지요. '삼종'이란 게 무조건 남자의 지배를 따르라는 것이잖아요. 일단 출가하여 아내가 되면 무조건 그 남편을 따라야 하고, 또 그 시부모를 섬기며 가사잡무에 헌신하고, 때에 따라선 관혼상제의 예절을 다해야 하고, 아들을 생산하는 것이 또한 최상의 의무였어요.

그 어느 시대보다도 조선의 여성은 최악의 시대를 살았지요.
유교의 덕목인 내외법과 삼종지도, 칠거지악 등으로
여성들의 생활을 규제하면서
여성에게만 정절이라는 예속의 굴레를 씌웠어요.
이는 조선왕조가 이전 시대의 사회적 부조리와 혼란을 수습하고,
새로운 유교적 사회질서를 확립하기 위해
여성을 희생양으로 삼았기 때문일 겁니다.

신사임당: 그리고 또 하나 조선 사회가 여성들에게 씌운 악업 중에 '칠거지악七去之惡'이 있었어요. 시부모를 잘 섬기지 못하고, 아들을 낳지 못하고, 부정한 행위를 하고, 질투하고, 나병·간질 등의 유전병이 있고, 말이 많고, 훔치는 일이 있으면 아내를 쫓아낼 수 있었지요. 그런 규제가 불합리하게도 여성에게만 해당되었어요.

허난설헌: 사임당께서도 은장도를 지니고 사셨지요? 조선 사회는 평생 아버지·남편·아들의 뜻을 따르는 게 여성의 숙명이었던 것처럼, 정절을 지키는 것 또한 당연한 것으로 받아들여야 했어요. 남자에게는 해당되지 않는 정절 지키기였지요. 남편 살아생전에도 정절을 지켜야 했지만, 남편이 죽고 나서도 마찬가지였어요. 그것이 바로 열녀 만들기입니다. 정절을 미덕으로 하는 유교적 부덕은 여성을 깊숙한 안채에 기거하게 만들고 바깥출입도 자유롭지 못하게 했어요.

신사임당: 그래요. 조선은 부부의 문제까지도 국가가 관리하는 사회였어요. 가부장적 제도와 윤리규범을 토대로 말입니다. 그런데 남성에게는 축첩제도첩을 두는 것을 허용함를 인정해주어 정절이라는 의미가 없었어요. 거기에 관기제도까지 인정되면서 양반 남성들은 여러 명의 첩을 두는 경우가 허다했지요.

그런데 이 제도로 처첩에 해당되는 여성들만 고통받은 게 아니었어요. 첩에게서 태어난 자식들은 아버지를 아버지라 부를 수 없었고 벼슬길에 나아갈 수도 없었지요. 그럼에도 규방의 여성들에게는 부덕을 갖추고, 집안에서 아녀자의 임무를 잘 수행하여, 남편과 시댁 식구에게서 인정받는 것을 최고의 미덕으로 요구하는 아이러니한 사회였어요.

> "부인의 직분은 음식 만들고 길쌈하는 것뿐이다. 문장과 글씨의 재주는 그 마땅한 바가 아니니다. 우리 동방의 논의가 예로부터 이와 같아 비록 재품이 다른 사람보다 뛰어난 사람이 있어도 또한 꺼리고 숨겨 힘쓰지 않았으니 가히 한탄할 일이다."
>
> 어숙권의 『패관잡기』

허난설헌: 사임당의 재능에 깊은 감동을 받았다고 한 어숙권의 지적에 공감이 갑니다. 실제로 아무리 뛰어난 자질이 있다고 해도 규방으로 들어가는 순간 사장死藏되어 버린 일이 비일비재했을 테니까요. 사임당과 저 같은 경우엔 그나마 남아있는 것이 있지만, 많은 여성의 재능이 불쏘시개처럼 되었을 거란 생각에 그저 안타까울 따름입니다.

신사임당: 그런데 우리 역사에서 첩이 없었던 때가 있었을까요? 흥미로운 것은 발해에는 첩이 없었다는 기록이 전합니다. 거란·여진 등 여러 나라에는 모두 창기娼妓가 있었으며, 양민 남자들은 첩과 시비를 두지만 발해에만 없다는 기록입니다.

"부인들은 모두 사납고 투기가 심하다. 대大씨는 다른 성씨와 서로 10자매를 이루었는데, 번갈아 남편을 기찰하여 측실을 두거나 다른 사람과 교유하는 것을 용납하지 않는다. 만일 이런 일이 알려지면 반드시 독을 넣어 남편이 사랑하는 사람을 죽이려 한다. 한 남편이 일을 벌였으나 그 아내가 알지 못하더라도 아홉 사람이 모두 일어나 그를 꾸짖으니, 서로 다투어 이렇게 하는 것을 자랑스럽게 생각한다. 따라서 거란·여진 등과 같은 나라에는 모두 여창女娼이 있고, 양민들은 모두 작은 부인이나 계집 몸종들을 가지고 있으나 오직 발해에는 없다."

중국 남송 때 편찬된 금나라의 견문록『송막기문松漠紀聞』에 나오는 발해에 관해 기록한 내용이다.

허난설헌: 조선의 남성들에게는 참으로 기함할 일이로군요. 우리도 발해의 여인들처럼 그랬어야 하지 않았을까요? 그런데 마냥 웃고 넘길 수만 없는 기록이 있어요.

조선시대 살인사건의 조사보고서인 '검안檢案'을 분석한 연구에 따르면, 총 572건의 살인에서 남편 살해가 154건으로 가장 많았다. 남편의 혀를 깨물어 잘라내어 죽였다거나, 펄펄 끓는 기름을 귓구멍에 넣어서 죽이는 것 등도 드물게 있을 정도로 잔인하게 남편을 살해했다. 이 결과를 보면 마치 조선 여성들이 잔악하다고 여길지 모른다.

하지만 반대로 생각해보면 얼마나 여성들이 억눌렸으면 이처럼 잔인한 방법으로 남편을 죽였을까 이해하지 못할 것도 없다. 그런데 드러나지만 않았을 뿐 얼마나 많은 여성이 남편의 손에 죽었을지도 의문이 든다. 엄격한 가부장 사회에서 남편의 범죄를 덮는 일이 그다지 어렵지 않았을 것이기 때문이다.

신사임당: 너무 흥분하진 마세요. 조강지처를 버려서 문제가 되는 경우도 허다했지만, 권력의 중심에 있는 남성들이 힘이 없어 지키지 못한 나라의 아픔을, 고스란히 여성이 짊어져야만 했는지도 따져볼 일이에요. 바로 '환향녀' 문제입니다.

병자호란 직후 청나라로 끌려갔다 돌아온 여인을 '환향녀'라고 불렀다. 그녀들은 대부분 정조를 잃은 터라 바로 귀향하지 못하고 청의 사신들이 묵어가던 홍제원이 있던 서대문 밖에 머물렀다.

"잡혀갔던 여인은 비록 그들의 본심은 아니었다고 하더라도 변란을 만나 죽지 못했으니 절개를 잃지 않았다고 할 수 있겠는가? 이미 절개를 잃었으면 남편과는 의리가 이미 끊어진 것이니, 억지로 다시 합치게 해서 사대부의 가풍을 더럽힐 수는 결코 없는 것이다."

『인조실록』에 나오는 내용이다. '환향녀'는 1627년인조 5년 정묘호

란과 1636년인조 14년 병자호란 때 많이 발생했다. 국경과 가까운 주로 북쪽 지방에 사는 여성들의 피해가 컸다고 한다. 청나라에 끌려간 여자들 중 대부분 돌아올 수 없었으나, 많은 돈을 주고 돌아온 여자들도 '환향녀'로 불리면서 치욕을 감수해야 했다.

허난설헌: 나라가 지켜주지 못한 그 불쌍한 여성들을 그 어느 곳에서도 보호해주지 않았어요. 어떤 경우에는 환향녀라는 이유로 며느리를 내쫓을 수 없자, 시부모에게 불손하다는 이유를 만들어 이혼시킨 일도 있었어요. 암울한 역사의 산물인 환향녀는 신분 사회에서 더 이상 설자리가 없었지요. 왜 환향녀에 대해서는 사회적 책임을 지지 않았는지 안타까울 따름입니다.

신사임당: 조정에서는 환향녀들로 하여금 냇물에 몸을 씻게 하고, 그녀들의 정절을 회복시켜주었다고 하는데 실제로 가정으로 돌아간 경우가 얼마나 될까요? 가족과 친지들은 그녀들을 받아들이는 걸 기피하고 천시했어요. 의지할 곳 없는 그녀들이 갈 곳은 그다지 선택의 폭이 넓지 않았지요. 스스로 청나라로 다시 가거나, 서대문 밖에서 모여 살거나, 창부가 되어 연명한 경우가 허다했다는군요.

허난설헌: 이것이 바로 여성들에게만 정절을 강요하는 조선 사회의 한 단면이었어요. 패배한 전쟁의 짐을 여성이 지도록 하고, 남성은 재혼을 할 수 있지만 여성은 열녀가 되기를 강요했지요.

조선왕조의 유교적 풍속과 가치가 생활 속에 깊이 자리 잡으면서 여성들의 수난은 더욱 심해졌어요. 고려 때까지만 해도 남편이 죽으면 부인이 재혼하는 것이 자연스러운 일이었어요. 그런데 조선에서는 남자는 부인이 살아 있어도 다른 여자를 볼 수 있는 일부다처제가 공인된 반면, 여성들에게는 남편이 죽은 뒤까지도 정절이 강요되는 사회였어요.

성종은 조선시대 최고의 법전인 『경국대전』에 재가부녀再嫁婦女와 서얼의 자손은 벼슬길을 막는다는 조항을 넣었다. 결혼한 여성은 남편이 죽으면 재혼할 수 없다는 법이다. 그리고 중종 때는 개가改嫁 자체를 범죄시하였다.

신사임당: 여성에게만 재혼하지 말라는 것도 억울하지만 배우자의 죽음에 있어서도 불평등했어요. 아내가 죽으면 남편은 1년 정도 상복을 입고 곧 재혼할 수 있었는데, 아내는 남편이 죽으면 3년 동안 무덤을 지키고 평생 동안 상복을 입어야 했지요. 그리고 죽을 때까지 수절하고 시부모를 모셔야 열녀라는 호칭이 붙고 나라에서 열녀문을 내려주었지요. 이게 그 가문에만 좋은 일이지, 죽은 이에게 무슨 위로가 되었을까요?

허난설헌: 임진왜란 당시 있었던 웃지 못할 일화가 있어요. 어떤 부인이 왜군을 피해 나루터로 달려갔어요. 그러자 사공이 황급

히 부인의 손을 끌어 배에 올렸지요. 다행히 그 부인은 왜군에게서 몸을 지킬 수 있었지요. 그런데 그 부인이 갑자기 강물에 몸을 던졌답니다. 왜일까요? 남의 남자, 즉 사공에게 손을 잡혀 정절을 잃었기 때문이라고 합니다.

신사임당: 참으로 가슴 아픈 이야기로군요. 이런 조선 사회도 서서히 변화하면서 17세기 후반부터는 여성의 개가를 긍정적으로 보기 시작했어요. 동학에서는 여성의 수절을 비판했고, 갑오개혁 때는 여성의 개가를 허용하는 조문을 포함시켰지요. 그런데 법은 그렇다고 쳐도 여전히 여성들은 정절에서 자유롭지 못했어요. 열녀문보다 사랑을 택할 거라고 외친 이가 얼마나 되었을까요?

5장

서로가 서로에게

사임당이 난설헌에게;
치열하게 삶을 보라, 강경애처럼

"이 인간 문제! 무엇보다도 이 문제를 해결하지 않으면 안 될 것이다. 인간은 이 문제를 위하여 몇 천만 년을 두고 싸워왔다. 그러나 아직 이 문제는 풀리지 않고 있지 않은가! 그러면 앞으로 이 당면한 큰 문제를 풀어나갈 인간이 누굴까?"

일제강점기의 강경애1907~1943의 장편소설 『인간문제』의 끝부분 중 일부이다. 한국 근대 소설사에서 최고의 리얼리즘 소설의 하나로 꼽히는 그녀의 대표작이다. 강경애는 38세의 짧은 삶을 불꽃처럼 살다간 여성작가로, 1930년대 식민지 조선의 현실을 총체적으로 반영한 문제적 작가였다. 특히 식민지시대 하층여성의 대변자였던 그녀의 삶 자체는 가난의 연속이었다.

신사임당: 이제 우리의 이야기도 막바지로 다가왔군요. 그대보다 먼저 세상을 살았던 내가, 그대에게 자극이 될 만한 한 여성을 소개해주고 싶어요. 그대의 삶도 고단했지만, 그대보다 더 고단한 사람을 살면서도 운명 앞에 굴하지 않았던 여성이지요. 여성으로서, 그리고 한 인간으로서 끊임없이 깨우쳐 나가려 했던 일제강점기 여류소설가 강경애입니다.

허난설헌: 자신과 같은 처지의 하층여성의 대변자가 되었다는 말에서 왠지 그녀를 느낄 수 있을 것 같군요.

신사임당: 그런가요? 혹자는 강경애의 소설을 읽으면 마음이 불편하다고 합니다. 눈물 콧물 다 흘리며 망가진 상태로 연기하는 명배우의 연기를 보듯, 가난한 삶의 처절함이 너무 생생하게 전해져 오기 때문입니다.

허난설헌: 그럼 강경애라는 인물과 저는 어떤 연결점을 가질 수 있을까요? 간략한 소개로만 보면 치열함의 차이가 상당할 것 같은데요.

신사임당: 그대가 규방에서 조선이라는 현실을 느꼈다면, 강경애가 딛고 있었던 곳은 일제의 식민지가 된 조선이었지요. 진정한 작품은 독특한 소재 등도 좋지만 무엇보다 현장성에 있다고 봅니다. 강경애는 당대 다른 여성 작가들과 달리 문단의 중심지였던 서울에서 벗어나 당시 항일 무장 투쟁의 중심지인 간도에서 하층 민중들의 삶을 생생하게 그려낸 작가였어요. 그녀는 작가로서 혹

은 지식인으로서 기득권을 가지려 하지 않았지요. 무산계급을 위한다는 카프보다 더 카프다운 작가라 할 수 있어요.

'카프KAPF'는 '조선프롤레타리아예술가동맹'의 약칭으로, 1925년 8월 23일 문학동인 단체인 '염군사1922'와 '파스큘라1923'가 합동하여 결성하였고, 1935년 5월 20일 임화가 카프해산계를 경기도경찰부에 제출함으로써 해산되었다. 김기진·박영희·이호·김영팔·이익상·박용대·이적효·이상화·박팔양·최서해·이기영·한설야 등이 참여하였다. 무산계급예술운동으로 카프 볼셰비키화가 추진되면서 일제의 탄압을 받았다.

신사임당: 그대에게는 팔방미인 같은 허균이라는 동생이 있었기 때문에, 그대가 불에 태워 없애버리라는 시를 살려냈어요. 그 덕분에 허난설헌이라는 여류시인의 이름을 떨치게 되었고요. 그런데 일제강점기 현실을 리얼하게 묘사한 소설가 강경애에게는 그런 도움을 줄 사람조차 없었어요. 그래서 그녀는 꽤 오랫동안 문학사적으로 주목받지 못했지요. 오히려 남한보다는 북한 문학사에서 일찍 주목을 받았어요.

1959년 발간된 북한의 『조선문학통사』에서 『인간문제』로 대표되는 강경애의 소설을 식민지 시기 우리 소설문학에서 가장 위대한 작품 중 하나로 평가했다. 그리고 중국 연변에서도 해방 전 진보적 소설문학의 대표적 작품의 하나로 평가했다. 그렇지만 남한에서는 1980년대 후반에 이르러서야 여성문학론이 대두되면서 강경애와 그녀의 소설이 연구되기 시작했다. 그리고 2006년 강경애 탄생 100주기에 즈음하여 남북이 공동 논문집을 발행하기에 이르렀다.

허난설헌: 왜 그녀는 유독 남한에서 주목받지 못했나요? 마치 제가 조선 사회에서 기피 인물이듯 강경애도 그랬나요? 도대체 무슨 문제가 있었던 거죠?

신사임당: 어느 시대나 건드리지 말아야 할 부분을 건드리는 이에게서는 불편함을 느끼게 마련이지요. 모성이라는 문제를 내세워 여성의 자각을 일깨운 나혜석처럼 말입니다. 강경애는 식민지 시기에 나타난 제반 문제, 즉 여성의 문제, 계급의 문제, 민족의 문제 등을 건드렸어요. 물론 소설 속에서 말이죠. 그런데 그냥 양념 정도가 아니라 주재료로 요리를 한 것입니다. 그리고 소름이 끼칠 만큼 처절한 사실적 묘사와 날카로운 통찰로 비단 그녀가 살았던 시기만이 아닌 현대에도 사유할 화두를 던져주었어요.

허난설헌: 도대체 그녀가 어떤 삶을 살았기에 그런 글을 쓸 수 있었을까요? 규방의 여인도 아니고, 집안이 좋지도 않았는데 어떻게 교육을 받았을까요?

강경애는 황해도 송화에서 태어났다. 아버지는 가난한 농민으로 평생 머슴살이를 하다가 늘그막에 손바닥만한 땅때기를 얻어 가정을 이루게 되었다. 강경애가 태어난 지 3년여 만에 아버지는 세상을 떠나고, 어머니와 둘만 남게 되었다. 목구멍이 포도청이라 어머니는 개가를 하게 되었고, 강경애가 다섯 살 되던 해 황해도 장연은 그녀의 새로운 고향이 되었다. 그래서 강경애의 이력에 고향이 송화와 장연으로 혼돈을 주기도 한다.

신사임당: 강경애는 개가한 어머니 때문인지 여성에 대한 자각이 빨랐던 것 같아요. 물론 그 바탕에는 가난과 생존에의 처절함이 있지만요. 호구지책으로 개가한 어머니, 늙고 병든 의붓아버지, 그 자식들과의 잦은 싸움은 그녀의 소설에 자주 등장합니다. 풍족하고 행복했던 가정에서 단 하루도 살아본 적이 없었던 그녀의 어린 시절은 그런 모습으로 투영되고 있는 것이지요.

"일찍이 아버지를 잃은 나는 다섯 살에 의붓아버지를 섬기게 되었으며, 의붓아버지에게는 전처소생 아들딸이 있었으니, 그들이 어찌나 세차고 사납던지, 거의 날마다 어린 나를 때리고, 꼬집고, 머리채를 뜯어서, 도저히 나는 집에 붙어 있을 수가 없었다. 그래서 어머니가 빨래나 혹은 어디 볼 일로 집에 안 계시면 언제나 쫓겨나서 울 뒷산에 올라 망연히 어머님이 오시기를 기다리곤 하였다. 삼십을 넘은 나의 눈엔 아직도 어머니가 돌아오실 그 길이 아련히 남아 있다."

강경애는 '자서소전'이라는 글에 자신의 살아온 이야기를 담담히 풀어냈다.

신사임당: 가난한 삶에서 그녀에게 위로를 준 것은 책이었어요. 의붓아버지가 읽다 던져 놓은 『춘향전』을 읽으면서 한글을 깨치고, 고대소설에서 구소설까지 독파하면서 작가로서 꿈을 꾸게 되었죠. 처음부터 기득권을 가졌던 동시대의 작가나 지식인들과는 전혀 다른 경로였지요. 그녀에겐 꿈이 있었기에 어머니를 졸라 열 살이 지나서야 학교에 들어갔어요. 하지만 가난과 눈치로 힘들게 학교를 다녀야 했고, 의붓아버지가 죽자 형부의 도움으로 어렵사리 평양 숭의여학교에 진학하게 되었지요.

숭의여학교는 기독교 계통의 사립학교였다. 보수적인 교육방침 때문에 학생들에게 지나친 통제와 간섭을 했고, 평양 제2감옥이라는 별명이 붙을 정도로 명성이 자자한 학교였다. 그런 것들이 강경애로서는 무척 참기 힘들었다. 그녀는 숭의여학교의 비밀독서회에 참가하면서 사회주의 사상을 접하게 되고, 그녀 안에 계급적 자각이 형성되기 시작했다. 그러던 중 추석날 성묘를 못 가게 한 사건으로 학생들이 일제히 동맹휴학에 동참하게 되고, 그 일의 주동자였던 강경애는 퇴학을 당한다.

허난설헌: 여성의 몸으로 격변의 시대에 온전히 그 변화를 겪었군요. 숭의여학교 일은 그녀의 삶을 최악으로 몰고 가지 않았나요?

신사임당: 그 일은 그녀의 삶에서 부정적인 역할만 한 게 아니었어요. 가난과 식민지 상황 속에서 불합리한 사회의 모순을 깨닫게 되고, 세상을 바라보는 새로운 안목도 가지게 되었으니까요. 퇴학을 당하고 서울로 올라온 그녀는 국문학 연구의 개척자라 불린 양주동을 만나게 됩니다. 이미 황해도 장연에서 양주동의 강연을 듣고 관심을 갖고 있었어요. 양주동과의 만남으로 그녀는 작가로 등단하게 되지요.

강경애는 서울에서 양주동과 동거하면서 동덕여학교 3학년에 편입하여 1년간 공부하였다. 그녀는 양주동이 창간한 『금성』지에 몇 편의 시를 투고하면서 작가의 길을 걷게 되었는데, 시적 성취도가 높은 편은 아니었다. 오히려 그녀가 쓴 소설을 보고 양주동은 소설가로 전향할 것을 권유했다. 그녀는 양주동의 권유로 문학 수업에 필요한 여러 책을 읽게 되고, 자신의 세계관도 확고히 세워나갔다.

하지만 서로의 기질 차이인지 문학적 입장의 차이를 보였다. 이

강경애는 식민지 시기에 나타난 제반 문제,
즉 여성의 문제, 계급의 문제, 민족의 문제 등을 건드렸어요.
물론 소설 속에서 말이죠.
그런데 그냥 양념 정도가 아니라 주재료로 요리를 한 것입니다.

를테면 강경애는 문예의 민중화가 필요하다는 입장이었고, 양주동은 염상섭과 함께 사회주의와 민족주의의 한계를 동시에 비판하면서 절충하자는 입장이었다.

허난설헌: 사랑에는 국경이 없어도 계급은 있다는 말이 있던데, 그런 차이가 양주동과 그녀에게도 있었던 모양입니다.

신사임당: 자신의 처지에 대한 자각이 아닐까 싶군요. 그녀는 염상섭의 논설 '명일明日의 길을 읽고'라는 글을 발표하여 양주동과 염상섭을 부르주아 민족주의 문학가를 맹종하는 소부르주아지에 불과하다고 비판하고 나섰어요. 일본 와세다 대학을 나온 천재 지식인 양주동과 식민지 조선의 가난한 여성 강경애는 달라도 너무 달랐지요. 이별을 고한 것은 강경애 쪽이었어요.

양주동과 이별한 강경애는 진정한 작가의 길로 들어서기 위해 장연에서 부지런히 습작을 했다. 그리고 근우회에 가입해 여성으로서 자의식과 정체성을 확보해나가면서 '조선 여성들의 밟을 길'이라는 글을 발표했다. 여성은 단지 가정의 일원일 뿐만 아니라 사회구성원으로서 사회 개혁의 주체로서 우뚝 서야 한다고 주장했다. 그리고 "사회적으로 완전한 경제적 개변改變을 보지 못하고는, 완전한 여성의 해방도 없습니다. 이대로는 해방은 고사하고 여성은 상품화되며, 따라서 지위에서 점점 더 말살되고 말 것입니다"라는 글을 『신가정』에 기고하기도 했다.

허난설헌: 참으로 대단한 여성이었군요. 저로서는 꿈도 꾸지 못할 일을 했어요. 여성으로서의 자각을 하고, 그것을 주장할 수 있다는 것은 대단한 용기가 필요한데 말입니다.

신사임당: 그렇지요? 그녀는 누구보다 주체적으로 자신을 이끌어나갔어요. 그녀는 글을 쓸 때도 뚜렷한 목적의식과 사명감을 가지고 있었던 만큼, 자신의 체험으로부터 소재를 구하고 직접 답사를 하는 작가였어요. 그래서 생생한 묘사가 글의 특징이 되었지요. 그런 그녀에게 피할 수 없는 현실이 기다리고 있었어요. 식민지 조선의 땅뙈기 없이 사는 하층 민중이었던 그녀가 선택할 수 있었던 것은, 그나마 먹고 살기 위해선 고향을 등지고 간도로 이주하는 게 최선이었어요.

1931년 6월에 만주로 이주했던 강경애는 일본군의 간도 토벌을 피해 1932년 6월에 장연으로 돌아왔다. 간도에서 돌아오기 전 장하일과 결혼했고, 장연으로 돌아왔다가 다시 간도로 이주하게 되었다. 장하일이 용정의 동흥중학교 교사로 부임하게 되었는데, 아마도 사회주의 활동가로 역할을 하기 위함으로 보인다.

일제강점기 당시의 간도는 식민지 수탈정책에 의하여 뿌리를 잃고 어쩔 수 없이 흘러 들어간, 정착하여 살아가기에는 어려움이 많은 유랑의 공간이자 계급투쟁의 공간이며 우리 민족의 비극적 삶의 현장이었다. 또한 간도는 당시 사회주의 운동이 격렬하게 전개되고, 항일 독립운동의 기지가 된 곳이었다. 민족 간의 갈등뿐만 아니라 여러 민족 사이의 계급적 불평등도 심화된 곳이었다.

신사임당: 간도는 조선 사람들에게는 수많은 아픔과 한이 서린 땅입니다. 강경애에게도 간도는 무척 특별했지요. 식민지 모순의 총체적 공간인 간도에서 하층민의 삶을 목도한 그녀는 자신이 존재해야 하는 이유를 찾았어요. 어린 시절의 궁핍한 경험이 간도에서 더욱 심화되었다고 볼 수 있지요.

허난설헌: 간도땅이 그녀에게 굉장히 중요한 역할을 했군요. 규방에만 머물렀던 저희와는 다른 차원의 공간이었겠어요.

신사임당: 간도에서 생활한 강경애는 소설 속에 그것들을 녹여내게 되지요. 『인간문제』와 함께 높이 평가받고 있는 「소금」이라는 작품이 그것입니다.

강경애는 1931년 단편 「파금破琴」을 발표하면서부터 1938년 「검둥이」를 발표할 때까지 7년 여 동안에 모두 2편의 장편소설과 19편의 중단편소설을 포함하여 모두 21편의 소설을 창작 발표하였다. 그중 간도체험과 관련된 작품으로는 「그 여자」, 「채전菜田」, 「축구전」, 「유무」, 「소금」, 「동정」, 「모자母子」, 「원고료 이백원」, 「번뇌」,

「어둠」, 「마약」, 「검둥이」 등 12편이다. 강경애의 창작에 있어서 간도는 그만큼 중요한 부분을 차지하고 있다.

그중 「소금」은 일제강점기를 살아야 했던 하층 민중들, 그리고 경제적 모순과 시대적 질곡이라는 이중고를 견뎌야 하는 여성의 삶을 간도라는 공간적 배경 속에서 찾아볼 수 있는 작품이다. 소설의 주인공 봉염 어머니를 통해 식민지 모순과 억압의 대상으로서 여성의 현실을 극복하는 모습을 그리고 있다. 봉염 어머니는 남편과 아들의 죽음이 공산당과 관련 있고, 자신의 처참한 삶이 공산당에서 비롯되었다는 왜곡된 의식에 갇혀 있다. 그런데 살기 위해 어쩔 수 없이 소금 밀매를 하던 중 공산당이야말로 자신이 의지할 유일한 빛이라는 것을 깨닫게 된다는 내용이다.

허난설헌: 그녀의 소설은 생존문제가 무척 치열했군요. 생존문제는 계급의식으로 발전되는데, 강경애의 계급적 자각에 영향을 준 인물이 있나요?

신사임당: 강경애에게 계급적 자각이란 사회주의 사상이 아닐까 싶어요. 그리고 그 사상에 대한 확실성을 갖도록 영향을 준 사람은 남편 장하일이었지요. 장하일의 간도에서의 역할이 동흥중학교 교사였다는 것 외에 뚜렷하게 남아 있는 것은 없어요. 다만 그가 사회주의 활동가였을 것으로 추정하고 있을 뿐입니다. 그런 것들은 강경애의 글 속에서도 은연중 드러나고 있어요.

"나는 언제나 글을 쓰게 되면 맨 먼저 남편에게 보입니다. 그는 한참이나 말없이 묵묵히 읽어본 후에 나에게로 돌리며 다시 한 번 크게 읽어보기를 청합니다."

강경애가 남편에게 영향을 받았음을 짐작할 수 있는 「부부생활에서 즐거웠던 일 서러웠던 일」이라는 수필의 내용이다.

신사임당: 「원고료 이백원」이라는 글에서 남편에 대해 더 자세하게 언급하죠. 남편의 성정이 다소 급한 편이지만 바른 소리를 하기 때문에 그녀도 인정할 수밖에 없다고 했어요.

"그런데 K야 아까 말한 그 원고료가 오기 전에 나는 밤 오래도록 잠을 못 이루고 그 돈으로 무엇을 할까? 하고 생각하였다. 지금 생각하면 부끄러운 말이지만 우선 겨울이니 털외투나 하고 목도리, 구두, 내 앞니가 너무 새가 넓으니 가늘게 금니나 하고 가늘게 금반지나 하고 시계나……. 아니 남편이 뭐랄지 모르지. 그래두 뭘 내 벌어서 내 해 가지는 데야 제가 입이 열이니 무슨 말을 한담. 이번 기회에 못하면 나는 금시계 하나도 못가지게— 눈 딱 감고 한다. 그러고 남편의 양복이나 한 벌 해 줘야지, 양복이 그 꼴이니. 나는 이렇게 깡그리 생각해 두었구나."

동생 K에게 편지 형식으로 쓴 「원고료 이백원」은 조금은 이기적이었던 강경애의 마음이 공감되는 글이다. 그녀의 대표 소설 『인간문제』의 원고료로 이백원을 받게 되면서 부부싸움을 하게 된다. 워낙 궁핍하게 살았던 그녀는 털외투나 하고 목도리, 구두 등을 사야겠다고 마음먹고 남편에게 말했다가 혹독한 비판과 야유를 받게 된 것이다.

"전 조선의 빈한한 군중은 아니 전 세계의 무산대중은 방금 기아선상에서 헤매고 있는 것을 너는 아느냐 모르느냐."

이 구절을 보면 그녀가 순간 자신의 욕망을 채우려 했던 것이 얼마나 사치였는지 반성하고 있음을 알 수 있다. 자신이 노동을 통해 얻어낸 결과물이지만, 온전히 자신의 것으로 받아들일 수 없는 무거운 현실이 버티고 있다는 것을 내내 떨칠 수 없었던 것이다.

허난설헌: 강경애가 큰 욕심을 부린 것도 아닌데 너무 한 거 아닐까요? 남편에게 굴종한 것은 그녀답지 않다는 생각이 드네요.

신사임당: 그렇게 느꼈나요? 그렇지만 일생을 통해 처음으로 많이 가져 보는 돈을 두고, 단 한 번도 풍족한 적이 없었던 자신의 가난한 삶을 돌아보면서 필요한 것을 사고 싶어 하는 모습만으로도 가슴이 찡합니다. 자신을 위해 쓴 것이 없었기 때문일까요? 물론 강경애처럼 독자적인 여성성이 강한 사람은 남편의 폭압에 굴종하는 게 아니냐고 할 수도 있겠지요. 남편의 비판이 옳을 수도 있지만 평범하게 보자면 강경애가 잘못한 것도 아니지요.

허난설헌: 저도 그건 공감합니다. 결국 강경애는 남편의 지적을

받아들이잖아요. 입으로만 무산대중을 외치는 지식인으로서 자신의 모습을 보았기 때문일 겁니다. 말과 글, 가치관을 행동으로 일치시키려 했던 그들 부부의 모습이 짠하게 전해집니다. 그럼에도 불구하고 문학작품과 삶의 태도를 놓고 치열하게 토론하며 합의를 이끌어내는 부부의 모습이 정말 멋지지 않나요?

근대 문학사의 최고의 리얼리스트였던 강경애에게 여성이라는 존재는 떼려야 뗄 수 없다. 강경애의 소설에는 최하층에 속하는 여성들이 주인공을 이룬다. 그들의 비참한 삶과 비극적인 운명이 생생하게 그려진다. 노비, 부엌데기, 민며느리, 첩, 기생, 여성노동자, 아편쟁이의 아내, 가난한 지식인의 아내 등이 가난으로 인해 모질게 살아가며 정조를 유린당하고 수난을 당하는 것을 사실적으로 묘사하고 있다. 여성의 입장에서 본다면 진저리가 쳐질 만큼 비극적인 삶을 울화가 치밀도록 사실적으로 묘사했다.

강경애는 삶이 소설이고, 소설이 곧 그녀의 삶이었다. 그것은 그녀가 가난하고 불행한 사람들의 생활과 비참한 처지를 직접 체험하고 목격했기 때문에 가능한 일이었다. 소학교 시절에는 학용품이 없어 다른 학생 물품을 썼다가 도둑으로 몰리기도 했고, 숭의여학교를 다닐 때는 형부로부터 등록금이 오지 않아 교실에서 쫓겨나기도 했다. 결혼 후에도 단벌 치마에 단벌 저고리로 살았고, 신발조차 남편 친구 부인의 것을 얻어 신어야 했던 그녀라서

「원고료 이백원」이 더 찡하게 다가온다.

강경애 소설 속의 또 다른 여성의 모습을 보자. 「어머니와 딸」에서는 가난 때문에 지주의 첩으로 팔려간 예쁜이, 「동정」에서는 중국인 부자에 팔려가 고초를 겪다 자살한 산월이, 「마약」에서는 아편중독자의 남편 때문에 중국인에게 팔려가는 보득이 어머니, 「소금」에서는 중국인 지주에게 정조를 유린당하고 떠돌아다니는 봉염 어머니, 『인간문제』에서는 소작인의 딸로 지주에게 정조 빼앗기고 쫓겨나는 선비도 있다.

물론 지식인 여성이 등장하기도 한다. 「그 여자」에서는 문학청년에서 일약 여류작가로 데뷔한 마리아라는 여성이 등장한다. 여류작가라는 오만함으로 무장된 마리아는 간도로 이주해 간 농민들에게 '동포' 운운하며 목이 달아나도 내 땅에서 살아야 한다고 연설한다. 그래서 결국 분노한 농민들로부터 옷이 찢기는 상황까지 이른다.

"마지막 비명을 토하는 종 옆에 갈가리 옷을 찢긴 마리아는 쓰러져서도 자기의 미모만을 상할까 두려워서 두 손으로 얼굴을 꼭 싸쥐고 풀풀 떨고 있었다."

그녀가 소설 속에서 그린 마리아의 모습이다.

신사임당: 이런 강경애를 요즘 말하는 페미니스트라고 굳이 말할 필요는 없을 것 같아요. 그녀는 그저 자신처럼 식민지 조선에

살고 있는 여성들의 비참한 상황을 끝까지 직시하면서, 계급문제와 여성문제를 통일적으로 이해하고 인간문제로 확대하려 했을 뿐이었어요.

허난설헌: 어쩌면 제 모습 속에도 마리아와 같은 속성이 있지 않을까 싶네요. 저 역시 시대에 굴종하고 말았으니까요.

강경애는 소설 『인간문제』의 끝부분에서 모순덩어리의 인간문제를 해결할 주체는 결국 노동자 계급이라고 밝혔다. 하지만 그녀의 소설 속 여성들의 계급의식이 성장하지 않은 상태로 머물러 있다고 해서 한계를 그을 필요는 없다.

「지하촌」에서 아이를 낳고 곧바로 보리타작을 하러 나갔다가 밑이 빠져버린 칠성이 어머니, 「소금」에서 원수의 아들을 임신하고 남의 집 헛간에서 아이를 낳은 뒤, 배고픔에 파뿌리를 씹어 삼켜야 했던 봉염 어머니 등을 통해, 여성인물의 극도로 비참한 상황을 소름끼치도록 사실적으로 묘사한 것만으로도 강경애의 진정한 의도를 알 수 있다. 이런 억압된 여성의 문제는 과거에도 현대에도 여전히 존재하고 있다.

신사임당: 난설헌! 내가 그대에게 강경애를 소개한 이유를 알겠는지요? 그대나 강경애나 압박하던 현실을 바꿀 순 없었어요. 하지만 그대가 현실을 잊고 신선세계로 떠날 때, 강경애는 더 지

옥 같은 현실에 발을 담갔지요. 강경애는 자신만이 아니라 자신처럼 고통받는 여성들을 마음으로 안고 싶었기 때문입니다. 비록 당장 달라질 것 없는 현실일지라도 회피하지 않고 치열하게 달려드는 자세가, 그대에게나 현대를 살아가는 지금의 여성들에게도 꼭 필요하다고 생각해요. 아픔을 참을 수 없을 때 한번쯤은 강경애를 떠올려보길 바랍니다.

허난설헌: 어떤 의도인지 잘 알겠어요. 그런데 제가 강경애처럼 현실을 외면하지 않고 당당히 시대에 맞서며 치열하게 살았다면, 제 운명이 어떻게 되었을지 저도 궁금하군요. 순탄치만은 않았겠지만, 조선에서 여성으로 태어나 김성립의 아내가 된 세 가지 한에서는 벗어나지 않았을까요?

난설헌이 사임당에게;
독립군의 어머니, 남자현처럼

"만일 너의 생전에 독립을 보지 못하면 너의 자손에게 똑같은 유언을 하여 내가 남긴 돈을 독립축하금으로 바치도록 하라."

독립운동가 남자현1872~1933의 유언이다.

허난설헌: 긴 여행을 한 기분이군요. 규방에 갇힌 채 세상과는 담장을 쌓고 살았던 때가 언제인지 잊을 정도로 지난날을 되돌아보는 시간이었어요. 사임당께서 저와 걸맞은 강경애를 소개시켜 주신 것처럼, 저 또한 사임당께 대적할 만한 여성 한 분을 소개해 드리고 싶어요. 다름 아닌 독립군의 어머니로 잘 알려진 전설적인 여성 무장투쟁가 남자현입니다.

신사임당: 독립군의 무장투쟁은 대부분 남자들이 하지 않았나

요? 워낙 힘들고 위험한 데다 목숨까지 담보로 하는 일인데요.

허난설헌: 꼭 그렇지만은 않아요. 남자현은 '여자 안중근' 또는 '독립군의 어머니'로 불리는 여성 독립운동가입니다. 그녀는 1천만 명의 관객을 훌쩍 넘긴 영화 '암살'의 모델로도 잘 알려져 있어요. 47세의 나이에 독립운동에 투신한 그녀의 포지션은 남성들도 해내기 힘들어 한 항일무장투쟁이었어요.

하지만 그녀가 처음부터 독립운동 투사로 나선 것은 아니었어요. 남편의 의병활동을 돕기만 했었는데, 일제에 의해 남편을 잃고 항일무장투쟁의 전면에 나선 것이지요.

신사임당: 일제의 야욕이 없었다면 그저 평범하게 살았을 선비의 아내였겠군요.

허난설헌: 그렇다고 봐야겠지요.

남자현은 경북 안동에서 영남학파의 맥을 잇는 남정한의 둘째 딸로 태어났다. 그런데 언니의 죽음으로 무남독녀가 되어 부모의 극진한 사랑을 받고 자랐다. 양반 집안의 딸로서 거치는 기본 소양 교육과 아버지로부터 글을 배웠는데 특히 책 읽기를 좋아했다.

영남학파의 거두였던 남명 조식의 제자들이 임진왜란 당시 의병을 일으켰듯, 남정한과 문하제자 가운데 70여 명은 일제 침략에 항거하여 나라를 지키기 위한 의병으로 활동했다. 당연히 남자현도 아버지의 영향을 받아 가슴에 뜨거운 나라사랑의 마음을 새기며 자랐다. 그녀와 결혼한 김영주 역시 여느 제자들과 다르지 않았다.

신사임당: 남자현은 아버지 문하의 제자와 결혼했군요.

허난설헌: 네. 그녀는 19세에 경북 영양군에 사는 김영주와 결혼을 했어요. 하지만 조선 침략을 노리던 일본군들로 인해, 신혼의 단꿈을 만들어가던 그들 부부는 하루도 편할 날이 없었지요.

청일전쟁의 승리로 조선 내에서 힘을 키운 일본은 국모 민비를 살해하는 을미사변을 일으켰다. 이에 의병들이 각지에서 일어났고, 남자현의 남편도 동문수학한 동지들과 함께 의병에 가담했다. 친정의 사랑에는 의병영소가 차려지고, 이를 중심으로 남자현의 남편은 물론 아버지의 문하생들 거의가 의병으로 나섰다. 평소 의연한 기상을 지녔던 남자현도 의병을 조직하고, 일본군의 동태 등을 파악해서 의병대에 정보를 전달하는 일을 했다.

그런데 그녀의 남편 김영주가 1896년 7월 11일, 경북 진보군 진보면 홍구동 전투에서 장렬히 싸우다 전사하고 말았다.

"나라의 적이 이제는 나의 원수가 되었다. 저놈들과 하늘을 함께하지 않겠다."

이렇게 결의를 다진 그녀는 남편의 죽음을 슬퍼할 새도 없이 스스로 의병대장이 되어 일본군과 전투를 벌였다.

신사임당: 남편의 죽음이 그녀의 인생을 바꿔놓았군요.

허난설헌: 안타깝게도 그녀의 뱃속에는 유복자가 자라고 있었어요. 그녀는 홀로 유복자를 낳아 키우면서 홀시어머니도 봉양하며 때를 기다렸어요. 그런 그녀에게 3·1운동은 또 하나의 전환점이 되었지요. 남편의 순국이 그녀의 애국심을 키운 자양분이었다면, 3·1운동은 본격적으로 독립운동에 투신하는 계기가 되었어요.

신사임당: 봉양해야 할 시어머니와 키워야 할 아들, 그리고 여전히 유교가 의식 속에 지배되는 사회의 효부열녀로 인정받던 그녀로서는, 적극적인 활동을 하는 게 결코 쉽지 않았겠어요.

허난설헌: 물론 그랬지요. 그런데 그녀는 결단성이 있었어요. 환골탈태의 시기가 왔음을 느끼자, 유교적 가정의 틀에서 바라보던 세상을 과감하게 벗어던져 버렸지요. 동지들과 3·1운동 주도세력들 중에 기독교인이 많은 것을 알고 그녀는 바로 개종했어요. 종교적 신념이 있었겠지만, 자신의 사명감 앞에 유교적 가치관이 걸림돌이 된다면 과감히 떨칠 수 있다고 생각한 것이지요.

신사임당: 목적을 위해 현실적인 판단과 선택을 한 거로군요.

허난설헌: 남자현으로선 더 이상 주저할 수 없었던 것입니다. 그리고 그녀의 친정과 주변의 시댁 친척들이 국권 회복의 뜻을 품고 남만주로 망명을 떠나자, 그녀 역시 미련 없이 남만주로 망명길에 올랐어요.

남자현은 1919년 3월 9일 아들을 데리고 동지들이 있는 남만주로 망명했다. 망명지는 남만주의 요녕성 유하현 삼원보이다. 안동과 영양의 망명 지사들이 활동하고 있던 지역이었다. 그녀 아버지의 문하생 출신들과 친정과 시댁의 친척들도 많았다. 또한 그곳은 일찍부터 항일 독립운동의 책원지策源地:전방 부대에 보급, 정비, 위생 따위의 병참 지원을 행하는 후방 기지이기도 했다. 시댁 친척인 김동삼 등을 비롯하여, 남편의 동지였던 남성노·서석조·최영호·이하진 등도 그곳으로 망명하여 활동하고 있었다.

신사임당: 빼앗긴 나라를 되찾기 위해 그녀가 여성으로서의 삶을 정리한 것이군요.

허난설헌: 그렇다고 볼 수 있지요. 남만주로 망명한 남자현은 서로군정서西路軍政署 참모장인 김동삼을 찾아가 여자 대원으로 입단해 활동을 하게 됩니다. 그녀의 나이 47세였어요. 사대부 집안의 며느리로 살아왔던 그녀가 결코 적지 않은 나이에 항일무장투쟁에 나섰다는 것만으로도, 그녀의 오롯한 기상을 느낄 수 있어요.

남자현이 만주에 자리를 잡은 것은 상해에 임시정부가 수립되던 때다. 그래서 만주에 산재해 활동하던 독립운동 단체들과 군정부들도 임시정부 산하에 통합되기에 이르렀다. 서로군정서는 신흥무관학교 출신들이 주류를 이룬 전투 부대였다. 주로 국내와 서

간도 지역의 일제통치기관을 습격·파괴하고, 민족 반역자와 친일파를 처단하는 활동을 전개하였다.

일본은 강력한 투쟁력을 가진 항일독립군에 대한 두려움이 점점 커져오자 1920년 8월, 독립군을 협공하여 섬멸하겠다는 대토벌작전을 계획하였다. 이 사실을 알게 된 서로군정서는 북간도 지역으로 이동해야만 했다. 이때 남자현이 맡은 임무는 이동 중 발생하는 부상병들의 간호였다.

신사임당: 의병들에게는 어머니와 같은 그녀의 간호가 절실히 필요했겠군요. 그리고 여성으로서 필요한 일들도 많았을 거고요.

허난설헌: 그렇지요. 그녀는 자신의 일이 단순히 여성이라는 틀에 구애를 받아 소소한 일로 규정지어지는 것을 원치 않았어요. 의병활동 때도 그랬던 것처럼, 그녀는 전투의 전면에 나서는 것을 목표로 삼았지요.

남자현은 1921년 길림성 액목현 삼송 육도구에서 당당히 항일독립군으로 전투에 참여했다. 그리고 청산리전투에도 참여했는데, 그때부터 '독립군의 어머니'라는 칭호를 얻었다.

항일 전투를 위해 수없이 이동 생활을 해야 했던 남자현은 군사활동과 더불어 일반인들에 대한 계몽운동에도 앞장섰다. 만주 각지의 농촌 교포를 찾아다니며 그들에게 독립정신을 고취시키고,

남자현은 '여자 안중근' 또는 '독립군의 어머니'로 불리는

여성 독립운동가입니다.

그녀는 1천만 명의 관객을 훌쩍 넘긴 영화 '암살'의 모델로도

잘 알려져 있어요.

47세의 나이에 독립운동에 투신한 그녀의 포지션은

남성들도 해내기 힘들어 한 항일무장투쟁이었어요.

부녀자에게는 빼앗긴 조국을 찾기 위해선 여자의 힘이 그 어느 때보다도 절실히 필요하다고 역설하였다. 남자현은 어머니와 같은 포용력으로 그들의 통합을 외쳤다.

당시의 만주는 해외 항일투쟁의 성지로서 90여 개의 한인 독립운동단체가 활동하고 있었다. 여러 지역의 다양한 사람들이 망명해와 활동을 하다 보니 대체로 출신지역별로 무리를 짓거나, 유림·의병·사대부 출신의 복벽復辟:다시 왕이 이끄는 정치로 돌아감주의자, 공화주의자, 사회주의자에 이르기까지 사상적 배경 등이 다양해서 시기와 공박으로 반목하는 일이 많았다. 그런데 분열의 양상을 보이는 것은 상해 임시정부도 마찬가지였다.

신사임당: 어디를 가나 분열이 문제군요. 왜 자기 목소리만 주장하려는 건지, 왜 힘을 가지지 못해 안달인지 참으로 안타깝군요. 함께 힘을 합쳐 일본과 싸워도 모자랄 판에 분열로 힘을 빼고 있으니 말입니다.

허난설헌: 맞습니다. 하지만 남자현은 그런 걸 개의치 않았어요. 그녀는 통합을 위해, 독립운동계와 교포사회계의 갈등과 알력을 해소시키기 위해 발 벗고 나섰지요. 그리고 그녀는 대한민국 임시정부도 항일 독립운동의 최고기관으로서 우뚝 서야 한다는 신념을 가지고 있었어요.

"조선민족의 결점은 당파와 분쟁이라. 이로써 나라를 망하였거늘 조국광복을 운동하는 그네들이 또 외지에 가서도 당파싸움을 계속하고 있었다. 서북파니 기호파니 안파니 이파니 하여 1922년 3월부터 8월까지 남만 화인현 등지에는 동족 간에 피 흘리는 전쟁이 벌어지고 있었다. 이 때문에 상해임시정부에서 김리대 씨가 특파되어 화해공작에 애썼으나 성과를 보지 못하였다. 선생남자현은 이 일을 크게 근심하여 산중에 들어가서 한 주일 동안 금식기도 하고 손가락을 베어 그 피로 글을 써서 책임관계자들을 소집하였다. 그 성의와 순국정신에 감격한 소위 독립운동 간부들은 누구나 그 뜨거운 눈물과 죽음을 각오하는 피의 설유說諭:말로 타이름에 각각 잘못을 회개하고 완전한 쌍방 간의 화합이 성립되었다. 이로 말미암아 환인, 관전 등지의 주민들은 그 은공을 감사하여 곳곳마다 나무로 비를 세워 그 공덕을 표창하고 만주 각층 사회에서는 누구나 선생으로 존경하게 되었다."

『부흥』이라는 잡지 1948년 12월호에 '독립운동사상의 홍일점-여걸 남자현'이라는 제목으로 실린 내용이다.

허난설헌: 남자현의 이런 노력 덕분에 1922년 8월 마침내 남만주 17개 단체가 통합을 이루게 되었어요. 그런데 참으로 씁쓸합니다. 여자라는 이유 하나로 어느 한 군데에도 그녀의 이름을 올려주지 않았거든요.

신사임당: 당시도 여전히 가부장제의 틀에서 벗어나지 못한 것이군요.

허난설헌: 그런데 한때 단체 간의 단결이 이루어지는 듯하던 통합의 길은 요원하기만 했어요. 그녀는 이런 것에 개의치 않고 또 다른 일을 시작했어요. 독립운동에는 무엇보다도 군자금이 필요했는데 그녀는 만주 각지를 다니면서, 일제의 감시를 피해 군자금 모금을 위해 온갖 힘을 기울였지요.

신사임당: 그녀가 남자들도 위험을 무릅쓰고 하는 의열단활동도 했다고 하던데, 여성으로서 배려받진 못했나요?

허난설헌: 그녀는 좀 더 조직적이고 강력하게 일제의 무력에 대항하기 위해 의열단활동에 나섰어요. 하지만 그녀 스스로가 여자라는 이유로 보호받으려 하진 않았어요.

남자현은 1920년대 두 차례에 걸쳐 국내로 잠입한 것으로 기록되어 있다. 1922년 9월 당시 참의부 중대장이자 남편의 옛 동지인 채찬과 함께 군자금을 조달하기 위해 국경을 넘었고, 1926년 4월 사이토 조선총독을 암살하기 위해 박청산·이청수 등과 함께 다시 한 번 경성으로 돌아왔다.

남자현 일행은 혜화동에 숨어 지내면서 거사 계획을 세우고 암살 기회를 엿보았다. 그런데 마지막으로 폭발물을 점검하던 중 한 동지가 일본경찰에 미행을 당하면서 발각되고 말았다. 그리하여 사이토 총독 저격 사건은 허무하게 미수에 그칠 수밖에 없었고, 그녀는 삼엄한 경비를 뚫고 겨우 몸만 피해 만주로 탈출해야만 했다.

신사임당: 어지간한 배짱을 가지지 않고는 할 수 없는 일이었군요. 언제 붙잡힐지, 언제 죽을지 모르는 상황 속에서 하루하루 긴장의 연속으로 살았겠어요.

허난설헌: 그녀는 조국광복에 대한 집념만큼 동지애도 매우 깊었어요. 동지였던 김동삼이 하얼빈에서 체포되자, 그를 구명하기 위해 친척으로 가장하고 일본영사관을 찾아가는 대범성을 보였어요. 그리고 김동삼이 국내로 호송된다는 정보를 입수하고, 그를 탈출시키려는 계획을 세우지만 준비 부족으로 성사시키진 못했지요. 하지만 남자현에 대해 말할 때 빼놓을 수 없는 건 바로 '단지 사건'입니다.

1932년 9월 국제연맹조사단 리튼이 상해사변 진상조사를 하기 위해 하얼빈에 왔다. 일제의 폭정과 독립을 호소할 절호의 기회라 생각한 남자현은 왼손 무명지 두 마디를 잘라 흐르는 피로 흰 손수건에 '한국독립원韓國獨立願'이란 혈서를 썼다. 그리고 그 혈서와 함께 자른 손가락을 싸서 조사단에게 보냈다. 그녀의 잘린 손가락은 대한독립에 대한 열망이 강했던 그녀의 의지였고, 우리 민족의 독립정신을 국제연맹에 호소하기 위한 거사였다. 그러나 그 혈서를 인력거꾼에게 전해달라고 부탁했는데, 안타깝게도 국제연맹조사단에 전해지진 못했다.

신사임당: 온몸을 다 바쳐 독립을 위해 싸우겠다는 그녀의 의지가 전율을 느끼게 하는군요. 그리고 전해지지 못한 그녀의 손가락이 이국땅에서 헤맸을 거라고 생각을 하면 가슴이 미어지듯 아파옵니다.

허난설헌: 그녀는 1933년 마지막 항일투쟁을 준비했어요. 만주국 건국기념일에 만주 전권대사 부토를 암살하려는 계획이었지요. 그녀는 중국 거지 노파 차림으로 변장하고, 남편이 의병 활동을 하다 전사할 때 입었던 피 묻은 옷으로 갈아입었어요. 아마도 그 거사가 마지막이 될 줄 알았나 봅니다.

부토를 암살하려던 계획은 조선인 밀정의 밀고로 봉천에서 손보현이 체포되면서 실패로 끝나고 말았다. 남자현 역시 2월 27일 무기를 가지러 하얼빈에 갔다가 체포되었다. 그녀는 육십이 넘은 몸으로 다섯 달 동안이나 갖은 고신을 당했다.

"원수 같은 도적을 토살하지 못하고 도리어 적에게 잡혔으니 다만 죽음만이 있을 뿐이다."

혹독한 형벌도 형벌이지만 그녀는 하얼빈 감옥에서 일본경찰의 음식 차입을 일체 거절하며, 그 해 8월 6일까지 17일간의 단식항쟁을 했다.

신사임당: 고난의 연속인 독립운동의 길도 선택이라면 선택일 수 있는데, 그녀는 그것을 운명으로 받아들인 것이군요. 책임지지 않고 안온하게 살 수도 있었을 텐데 말이죠.

허난설헌: 노령에다 혹독한 형벌과 단식투쟁으로 거의 죽다시피 한 몸이 되어 병보석으로 출감하게 되었어요. 출감해서도 음식을 거부하던 그녀는 죽음을 직감하고 아들과 손자를 부르게 했어요.

신사임당: 그녀의 삶은 당연히 가족들도 제대로 돌보지 못했겠군요?

허난설헌: 그랬답니다. 당시 그녀의 아들 김성삼은 만주 신흥무관학교를 마치고 자금조달책으로 독립운동을 지원하고 있었어요.

남자현은 1933년 8월 22일, 62세를 일기로 하얼빈 시내의 조선여관에서 파란만장한 일생을 마쳤다. 그녀는 죽기 직전 아들과 손자를 불러놓고, 행낭에서 249원 50전을 꺼내어 200원은 조선이 독립이 되는 날 정부에 독립축하금으로 바치고, 나머지는 손자의 대학 공부시키는 데 쓰라고 했다. 죽는 날까지 독립을 간절히 바랐던 것이다. 그토록 갈망하던 조선의 독립을 보지 못한 채 그녀의 주검은 이국땅 하얼빈 남강의 외국인 묘지에 묻혔다.

신사임당: 고단했던 삶을 뒤로 하고 그녀는 그렇게 남편의 곁으로 돌아갔군요. 남편의 원수이자 나라의 원수이며, 결국 자신의 원수였던 일제에 그녀 나름의 복수를 하고 떠난 셈이네요.

허난설헌: 그녀는 가족들에게 '독립은 정신으로 하는 것'이라는 유언을 남겼어요. 세상을 떠나기 전 아들이 울먹이며 부르자, 자는데 깨우지 말라며 영원한 잠에 들었다고 합니다. 마치 임윤지당이 투덜거리며 눈을 감았던 것처럼, 그녀에게서도 센 언니의 카리스마를 물씬 느낄 수 있지 않나요?

신사임당: 나는 마흔 후반에 유명을 달리했는데, 남자현은 내 나이에 독립운동에 뛰어들었어요. 내가 비교적 평온한 세월을 보내며 그림을 그리고 있을 때, 그녀는 남자 못지않은 배짱과 지혜로 무장투쟁과 군자금 조달 등에서 혁혁한 공을 세웠고요. 물론 시대적 상황이 다르지만 만약 나에게 그러한 상황이 닥친다면, 내가 과연 그녀처럼 실행할 수 있을지 쉽게 답하지 못하겠군요. 나는 내 울타리 안에 있는 자식들을 지키고 교육하느라 일생을 보낸 반면, 남자현은 빼앗긴 나라를 되찾으려고 불철주야 애쓰며 자신의 목숨을 초개처럼 던지는 수많은 독립군의 어머니가 되었어요. 정말 존경스럽습니다. 어머니라는 무게감도 새삼 떠올리게 하고요.

그들이 현대의 여성에게;
아름다운 언니가 되자

이 지구상의 절반, 더 이상 시대에 순응하지 말라!

신사임당: 이 세상의 절반은 여성입니다. 하지만 역사의 기록에도 여성이 절반일까요? 그리고 조선의 역사에서는 여성이 얼마나 될까요? 누구의 어머니, 누구의 아내로 기록된 이가 과연 몇이나 될까요?

그런데 역사는 남성들에 의해서만 이끌어지진 않았어요. 역사는 인류 모두가 이끌어왔지요. 그렇지만 역사는 강자의 기록이었고, 여성은 철저히 사회적 약자로 살아왔어요. 따라서 역사의 기록에도 뒤처지고 소외될 수밖에 없었지요. 그렇다면 5천여 년 한반도의 역사에 단 한 줄이라도 기록된 여성은 과연 몇 명이나 될까요?

5천여 년 한반도의 역사에

단 한 줄이라도 기록된 여성은 과연 몇 명이나 될까요?

아시는지요?

역사를 장식한 위대한 인물, 바로 남성을 낳은 이가

바로 여성이라는 사실을 기억하세요.

이제는 여성들의 역사를 쓸 때입니다.

아시는지요? 역사를 장식한 위대한 인물, 바로 남성을 낳은 이가 바로 여성이라는 사실을 기억하세요. 이제는 여성들의 역사를 쓸 때입니다.

자신을 사랑하라, 자존감을 높여라!

허난설헌: 저는 조선에서 여성으로 태어나 김성립의 아내가 된 것을 한으로 여긴 사람입니다. 조선의 규방 여인으로서 할 수 있는 일이 아무것도 없다고 생각했기 때문에 일찍 좌절했어요. 그것은 그만큼 자신을 사랑하지 않았던 것이겠지요. 사임당처럼 남편을 꾸짖지도 못했고, 재혼하지 말라고 요구한다는 건 감히 상상조차 못했어요. 물론 그럴 가치조차 느끼지 못했기 때문이었겠지만, 돌이켜보면 그런 요구를 했어야 했어요.

"우리가 욕심을 내지 아니하면 우리 자손들은 무엇을 주어 살리잔 말이오? 우리가 비난을 받지 않으면 우리의 역사를 무엇으로 꾸미잔 말이오. 다행히 우리 조선 여자 중에 누구라도 가치 있는 욕을 먹는 자가 있다 하면 우리는 안심이오."

나혜석의 이 당당한 외침처럼 역사에 오롯이 서고자 한다면, 여성이라서 주저앉을 것이 아니라 한 걸음 더 나아가야 한다고 생각합니다.

대립하지 말고 품어라, 서로 싸우지 말고 연대하라!

신사임당: 먹는 음식을 가지고 장난치는 이들이 많더군요. '된장녀'니 '김치녀'니 하며 여성을 비하하는데 먹는 음식이름을 붙이고 있어요.

조선 사회가 여성을 규방에 가두고 행동반경을 좁히는 것으로 남성의 우월성을 드러냈다면, 현대에는 여성을 폄하하고 비하하는데 그치지 않고 종종 혐오하는 경우까지 있더군요. 하지만 남녀 사이는 서로 대립해선 절대 결론이 나지 않는다고 봅니다. 어차피 서로 다르기 때문에, 그냥 서로 다름을 인정해야 한다고 생각해요.

남성이 억압된 욕구 배출을 여성비하로 푸는 것은 비겁한 일이고, 여성이 그에 맞서 대립하는 것도 치사한 일이 될 수 있어요. 서로 치고박고 싸울 때 어느 누군가는 웃고 있다는 것을 알아야 합니다. 여성과 남성은 서로 연대해야 하는 대상이지 대립하는 사이가 아니란 걸 인식하고 품어야 해요.

창조하는 여성이 되자, 역사를 만드는 여성이 되자!

허난설헌: 요즘 '센 언니'가 종종 회자되고 있더군요. 그 '센 언니'의 의미는 외형적인 면에서 기가 센 언니가 아닌, 내면이 강한 언니라고 생각합니다. 창조할 줄 알고, 역사를 만들 줄 아는 여성이 진정으로 아름다운 여성이고 '센 언니'일 것입니다. 제가 생각하는 조선시대의 아름답고 '센 언니' 두 분을 소개해볼게요.

한 분은 임윤지당입니다. 남성의 전유물처럼 여겨졌던 성리학에 도전한 언니이지요. 세상이 양의 기운, 즉 남성 중심으로 흘러간다고 믿는 성리학적 해석에 대해, 남자와 여자의 존재를 음양의 우주질서와 같이 상호보완적인 것으로 파악했어요. 남녀라는 게 서로 역할이 다를 뿐 우열의 차이를 가진 존재가 아니라고 밝힌 언니였지요.

또 한 분은 이빙허각입니다. 여자를 위한 백과사전인 『규합총서』를 편찬한 언니이지요. 이 언니는 자신이 쓴 이 책을, 자신과 같은 여성들이 읽기를 바랐어요. 철저히 여성의 입장에서 쓴 여성만을 위한 책으로, 누구나 읽기 쉽도록 한문이 아닌 한글로 썼지요. 그리고 또 하나는 그녀가 '열녀'에 대한 정의를 달리 했다는 점입니다.

"많은 사람이 일부종사하다 죽은 여자와 효부만을 열녀라고 하는데 지식, 충의, 예술적 재능, 학문적인 성취를 이룬 여성도 열녀이다."

그녀는 『규합총서』 제2권인 「봉임칙」에 '열녀록'을 두고 자신이 생각하는 여성관을 이처럼 새롭게 규정지었지요.

앞으로 우리 사회에 더 많은 센 언니들의 출현을 기대하며 두 사람의 담론을 마칩니다!

우리가 욕심을 내지 아니하면
우리 자손들은 무엇을 주어 살리잔 말이오?
우리가 비난을 받지 않으면
우리의 역사를 무엇으로 꾸미잔 말이오.
다행히 우리 조선 여자 중에 누구라도
가치 있는 욕을 먹는 자가 있다 하면 우리는 안심이오.

〈참고문헌〉

- 한국고전번역원 종합db
- 조선왕조실록(성종실록 · 인조실록 · 명종실록 · 선조실록), 한국고전번역원 종합db
- 미암집眉巖集, 유희춘 저, 박명희 외 역, 전남대학교 호남학연구원·조선대학교 고전연구원
- 서애집西厓集, 류성룡 저, 장재한 외 역, 한국고전번역원
- 성소부부고惺所覆瓿藁, 허균 저, 신호열 외 역, 한국고전번역원
- 송자대전宋子大全, 송시열 저, 이성우 외 역, 한국고전번역원
- 율곡전서栗谷全書, 이이 저, 권오돈 외 역, 한국고전번역원

- 난설헌 시집, 허경진 저, 평민사, 2015
- 난설헌집, 오해인 역, 해인문화사, 1980
- 허난설헌연구, 허미자, 성신여자대학교출판부, 1984
- 허난설헌시론, 이숙희, 새문사, 1987
- 순오지, 홍만종 저, 전규태 역, 범우사, 1994
- 내훈, 소혜황후 저, 이경하 역, 한길사, 2011
- 이매창 연구, 허미자 저, 성신여자대학교, 1988
- 청구영언, 김천택 편저, 명지대학교출판부, 1995
- 조선조 후기 여성 지성사, 이혜순, 이화여자대학교출판부, 2007
- 이옥봉의 몽혼, 하응백 저, 휴먼앤북스, 2009
- 인간문제, 강경애 저, 창비, 2006
- 강경애 수필집(평론), 강경애 저, 유페이퍼, 2016
- 강경애 전집–우리가 알아야 할 작가의 모든 것!, 강경애 저, 이지컴북스, 2015
- 모된 감상기, 나혜석, 동명, 1923
- 독립운동사상의 홍일점–여걸 남자현, 부흥, 1948